Erich Fried

Die Beine der größeren Lügen

Unter Nebenfeinden

Gegengift

Erich Fried

Die Beine der größeren Lügen
Unter Nebenfeinden
Gegengift

Drei Gedichtsammlungen

Verlag Klaus Wagenbach Berlin

Die vorliegende Ausgabe besteht aus den Büchern *Die Beine der größeren Lügen* (Berlin, 1969), *Unter Nebenfeinden* (Berlin, 1970) und *Gegengift* (Berlin, 1974).

Wagenbachs Taschenbuch 346

 Umschlaggestaltung durch Groothuis & Consorten, Hamburg, unter Verwendung des Bildes *La roue de la lumière, 1925* von Max Ernst (© VG Bild-Kunst, Bonn 1999). Autorenphoto von I. Snyder. Frontispiz von Klaus Morgenstern. Das Karnickel auf Seite 1 zeichnete Horst Rudolph. Gesetzt aus der Sabon Antiqua. Druck und Bindung durch Friedrich Pustet, Regensburg. Gedruckt auf chlor- und säurefreiem Papier. Printed in Germany
 ISBN 3 8031 2346 1

Inhalt

Die Beine der größeren Lügen

Heimische Fauna und Flora

Kopfstation 13
Wurst 14
Was ist uns Deutschen der Wald? 15
Prüfung von Freunden in Friba-Frabi 16
Die Retter 17
Rattendebatten 18
Schwein des Anstoßes 19
Geläufiges 20
Schädlingsbekämpfung 21
allerdings unschwer zu beheben 22

Vorläufige Ergebnisse

Die Lüge von den kurzen Beinen 23
Die Investition 24
Freier Raum 25
Überwindung des toten Punktes 26
Rückschluß auf unseren Zustand 27
Der Guacharo 28
Pořič, Arbeiterunfallversicherung 29
Zurückblickend 30

Historisch-kritisch

Negative Dialektik 31
Bekenntnis zur Verwurzelung in der freiheitlich-demokratischen Gesellschaft 32
Politische Ästhetik 33
Gedicht gegen die APO 34
Justiz der kleinen Schritte 35
Das Regelrecht 36
Die Unbelehrbaren singen 37
Friedenshoffnung von neuem Typus 38
Dann überlaßt ihr ihn der Pein 39
Ein Wegbereiter 40
Ehrliche Überzeugungen 41
Nach der Korrektur 41
Anleitung zur Erhaltung der Schlagkraft 42

Fußnoten

Copyright 43
Erstickübung 44
Weitere Fragen eines lesenden Arbeiters 45
Die Wiedergeburt der Dichtung 46
Erziehung zum Kunstverstand 47
Bildschirm 48
Tauschwert 49
Schwertwert 50
Beim Lesen der Gesammelten Werke Bertolt Brechts 51
Die Paletoten
Vom Sprengen
Zu nachtschlafender Zeit
Das Bleibende
Die unvollkommene Auslöschung

Verhaltensmuster

Gegenbeweis 55
Fehler 56
Zweckdenken 56
Von der inneren Freiheit 57
Uneigennützige Unterweisung 58
Die Unnahbare 59
Sie 60

Unter Nebenfeinden

Auslegungen

Nebensache 63
Führer von Gottes Gnaden 64
Anheimelnd 65
Klassische Entscheidungsfreiheit 66
Sebenstädter Heptatheismus 67
Durchlässig 68
Im Lande der begrenzten Möglichkeiten 69
Aberglaube 70
Menschenbild der Scheiße 70
Franz oder Eine Liebe ersten Ranges 71
Nachgelassenes Lehrstück 72
Päderastie als Waffe 73

Kritik an Otto Muehls ›Penisaktion‹ 74
Beim Lesen von H. M. Enzensbergers ›zweifel‹ 75
Lust zu fabulieren 76
Der Würfel 76

Auf zwei Beinen

Enteselung 77
Auf dem Schlächterweg 78
Versuch über die Befreiung vom Obszönen 79
Bitter 80
Tierisch 81
Englische Besonderheiten 81
Heidnische Offenbarung 82
Klosettumfrage im British Museum 84
Nahrungssorgen 84
Tiermarkt / Ankauf 85
Am Ende ein Ort? 86
Großer Schiffbruch 87
Beim Einziehen des Schwanzes 88

Mehrere Unbeirrbare

Revisionismusrevisionismus 89
Praktische Arbeit 90
Konflikte zwischen Alleinerben 91
Archimedischer Doppelpunkt 92
Entlarvung eines Mitkämpfers 93
Hoffnung 94
Arterhaltung 94
In der Hauptstadt 95
Kummer des großen Machthabers 95
Deckung 96
Beschwerde des Meletos und Lykon 97
Therapeutische Überwindung der Militanz 98
Aufruf für die Zukunft des Lebens 99
Erleichterung für die Herrschenden 100

Einzelfälle

Die Drahtzieher 101
Recht und billig 102
Aufzählung 103
Mein Gewehr 104
Der Präsident 106

Lebenszeichen 108
Beziehungen zu einer Großmacht 108

Gegengift

Fast alles

Fast alles 111
Unterdrückte 112
Gutsein ist gut 113
Anweisungen für das Schlachten von Freunden 114
Keine Prüfungsfrage 115
Es geht schon wieder los 116
Diät 116
Woran man die Macht der Dummheit erkennt 117
Nebeneffekt bei der Erziehung des Menschengeschlechts 118
Warnung vor Opportunismus 118
Diadochendiktatur 119
Angst und Zweifel 120

Mit im Spiel

Winterliches Biwak 121
Nostalgie 122
Auf und ab 123
Die Armen in allen Reichen 124
Das Einfache 125
Vielleicht Allende 126
Scheuklappen – bundesdeutsches Erzeugnis 127
Der Menschenacker 128
Weit hergeholtes Märchen 129
Drei Aussagen über die Verteidigung einer Lebensaufgabe 131
Die verlorene Heimkehr 133
Nach einer alten Anekdote 134
Es sei denn 134
Sorgen eines Erzeugers 135
Fragen im Nachhinein 136

Meine Muse hat Kanten

Give the Word 137
Fragen eines engagierten Dichters 138

Der große Außenseiter 138
Fußnote zu einer Fußnote 139
Englischer Gruß 140
Kosmische Lyriker 141
Spottgeburt 142
Widerspiel des Widerspiels 143
Üble Nachrufe 144
Konstruktive Selbstkritik 144
Ein ›Arbeiterschriftsteller‹ zitiert Brecht 145
Nichterfüllung des Kunstsolls 145

Vom armen Nachschwein

Vom armen Nachschwein 146
Augenschein 147
Ohrungen 148
Wiedergewonnene Aussicht 149
Nocturno mit Drachen 150
Die Kümmerlichen 151
Der Weg der Läuterung 151
Englische Kunstgeschichte 152
Wahre Geschichte mit Moral 152
Freier Wettbewerb 153

Zweifel an der Sprache

Zweifel an der Sprache 154

Die Beine der größeren Lügen

Heimische Fauna und Flora

Kopfstation

1
Der Kopf
fällt nicht weit
vom Rumpf

2
Kopf weg Angst weg
Füße abhacken brennt länger
Was in den Hals geht
kann nie mehr ins Auge gehen

3
Wem man den Kopf abnimmt
der nimmt nie mehr
den Hut ab

4
Vor dem Kopfkorb
versteht man nicht dasselbe
wie im Schwimmbad
wenn man vom Kopfsprung spricht

5
Zwei Läuse
reden noch immer
von Haarwuchsmitteln
»Verdaue ihm auf die Kopfhaut
Kunstdünger ist nicht gesund«

Wurst

1
Was das Schwein
verschweigt
das kann die Wurst
nicht mehr grunzen

2
Wenn der Wurstesser
grunzt
nennt seine Frau ihn
Schwein

3
Die Wurst beweist
daß Wechsel den Tod überdauert
Ein Darm den das Fleisch in sich barg
birgt nun in sich das Fleisch

4
Das Wurstessen ist
die Auferstehung des Fleisches
aus einem toten
in einen lebendigen Darm

5
Die Wurstvergiftung jedoch
sucht Ausgleich zu schaffen
und den lebenden Darm
erst leer zu machen dann tot

Was ist uns Deutschen der Wald?

für Hans Mayer

Ein ewig grünender Vorwand
zur Definition von Geräuschen
als Rauschen oder als Stille
zum Hören des Schweigens
sowie zur geselligen Freude
an seiner zwanglos befreienden Einsamkeit

Eine Deckung für Hochgefühle
die anderwärts nicht mehr gedeckt sind
und für Vertiefung in äußerste Innerlichkeit
für stillen So-vor-sich-Hingang
im Sinne der Suche nach nichts
und des Forttragens aller Funde
womöglich samt ihren Wurzeln

Ein Anlaß sich gelassen verlassen zu fühlen
und vor lauter Bäumen die Bäume nicht mehr zu sehen
Markierungen anzubringen
und gegen wildernde Hunde
Todeswarnungen die sie nicht lesen können

Eine Gelegenheit
Weg und Holzweg in ihm zu bahnen
ihn kurz und klein zu schlagen
dies als Schicksalsschlag zu empfinden
und jeden Baum von Fall zu Fall zu bejahen:
ihn äußerlich zu vernichten
und innerlich neu zu errichten

Ein Grund in ihm zu lieben und in ihm zu schießen
ihn tief ins Herz und für den Durchgang zu schließen
in ihm geborgen die ganze Welt zu verneinen
und sich in ihm oder mit ihm zu vereinen
sein Schweigen zu feiern in schallenden Chorgesängen
in ihm Fallen zu stellen und sich in ihm zu erhängen

Prüfung von Freunden in Friba-Frabi

In Friba wird jeder Gast
der kommt aus dem Ausland
an die Mauer von Frabi geführt
und muß dort hinüberschauen
    Dann blicken ihm die Fribaner
    tief in die Augen
    Wenn sie nicht naß sind von Tränen
    ist er nicht mehr ihr lieber Gast

In Frabi wird jeder Besucher
an Frabis Schutzwall
gegen Friba geführt
um Sorge und Abscheu zu zeigen
    Finden dann die Frabiner
    seine Augen sind trocken geblieben
    so wird er mit Schimpf und Schande
    verstoßen aus ihrem Staat

Friba und Frabi belohnen
ihrer Freunde reichliche Tränen
mit Banketten und Beifall
und sinnigen Gastgeschenken
    Wanderer kommst du nach Friba-Frabi
    vergiß nicht
    Zwiebelsaft mitzunehmen

    da weint man so schön

Die Retter

Eine Fliege war am Ertrinken
zwei Haifische sahen sie sinken

Da sagte der eine Hai: »Ei
schwimmen wir da vorbei!«

Der andre besann sich nicht lang
er sprach: »Diese Fliege ist krank

Hier am Grund unten geht sie zugrund
frische Seeluft wär für sie gesund!«

Der eine Hai schnappte sie auf
schwamm zur Oberfläche hinauf

Und spuckte sie seinem Genossen
auf eine jener Flossen

die ein Hai auf dem Rücken trägt
wo sie munter die Seeluft zersägt

Doch obwohl man ihr Seeluft bot
die Fliege war und blieb tot

Da kränkten sich ihre Finder
und fraßen verbittert drei Kinder

Rattendebatten

Es heißt daß sich die Ratten
nur widerwillig begatten
weil Rattenschwänze von Kindern
die Nahrungsvorräte vermindern
und das Augenmerk vieler Feinde
lenken auf die Gemeinde

Sie wollen nicht so vegetieren
sie treffen sich und debattieren
und ziehen die Konsequenz:
Äußerste Abstinenz

Sie suchen stattdessen Behagen
in fleißig vermehrtem Nagen
und nehmen täglich dreimal
ein kaltes Bad im Kanal

Doch Enthaltsamkeit hat ihre Grenzen:
Mit gierig züngelnden Schwänzen
planlos ganz ohne Liebe
nur Beute entfesselter Triebe
tun sies im Kellerloch
schließlich dann doch

Schwein des Anstoßes

Wer nicht Anstoß
zum Stoßen
findet
der fühlt sich oft
abgestoßen
wenn vom Stoßen
die Rede
oder das Bild ist

Wir aber
stoßen an
auf das Stoßen
dann glaubt uns jeder
daß uns der Bock stößt
und nicht etwa
schon
der Wurm

Geläufiges

Welteinengung
Weltausweitung
Welteignung
Weltwitterung
Weltausweiterung
Weltauswitterung
Weltaaswitterung
Welteinung
Welteigenesung
Welteigenese
Welteigenes

Weltei
Welteis
Welteislehre
Weltzueignung
Weltaneignung
Weltenteignung
Welteigenheiten
Welteigentlichkeiten
Weltlichkeiten

Weltläufigkeiten
Läufigkeiten
figkeiten
Figürlichkeiten
fig 1
fig 2
Aller guten Dinge sind drei

Aber bei fig fehlt uren
Also zurück zur Natur:
fig 3 Uhren
fig 2 Uhren
fig eine Uhr!

Schädlingsbekämpfung

Wenn ich eine Fliege
die im Zimmer ans Fenster knallt
rette
in einem Glas
das ich zuhalte mit einer Karte
auf der steht: »Befreit
die politischen Gefangenen
in Bolivien«

Wenn ich das tue
sorglich das Glas auf sie stülpe
und sie hinauslasse
zum geöffneten Fenster
bitte ich heimlich
den Sozialismus um Verzeihung
daß ich ihm Zeit stehle
um einer Fliege willen

Der Sozialismus
antwortet: »Du bist ein Narr
aber es ist mir ganz recht
laß dich nicht stören«

allerdings unschwer zu beheben

Auch noch im Dunkeln unüberhörbar
Geräusche
der leeren Leere
die die volle Leere
beneidet

um ihre Fülle
von Reisen nach Süden
und nackte Frauen
gegessen als vierter Gang
nach Scampi und Käse und Eis

Das Geräusch des Hasses
mit dem die leere Leere
die Sammlung von Farbdias
der vollen Leere
benagt

Drum sind ärmere Künstler
zu beobachten
durch die Behörden
Ihr abgeschmackter Neid
ist so unangenehm

Zum Glück ist er heilbar
durch Ehrungen und durch Preise
und Wechselbäder
in gelben Mädchen
und braunen Knaben

Die Leere kann vollgestopft werden
die Leere kann ausgestopft werden
Erst mit dem Doppelkinn
werden die Stimmen
ewig und mild

Die Lüge von den kurzen Beinen

Die
Beine
der
größeren
Lügen
sind
gar
nicht
immer
so
kurz

Kürzer
ist
oft
das
Leben
derer
die
an
sie
glaubten

Die Investition

Die Spinne verstummt
der Wind singt in ihren Fäden

die fangen noch Fliegen und Bienen
für ihr Skelett

Je leichter es wird
desto schwerere Vorräte hängen

nahrhaft im Netz
das die Verhungerte spann

Freier Raum

in memoriam Piranesi

Weitläufiges Gefängnis
hallende Säulengänge
marmorne Einzelzellen
jede ein Saal

Schmiedeeiserne Gitter
vor offenen Flügelfenstern
werfen Schnörkelschatten
Winde ziehn aus und ein

Nur in der Ecke
hinten fern von den Fenstern
sind die Fliesen
nicht blank wie überall sonst

Dort habe ich alte Lappen
und Zeitungsreste gesammelt
und mir ein Nest gebaut
für meine Freiheit

Überwindung des toten Punktes

Wer
weiß
daß
er
nichts
mehr
zu
sagen
hat
der
sagt
zuletzt
noch
daß
er
weiß
daß
nun
überhaupt
niemand
mehr
etwas
zu
sagen
hat

Wer
aber
weiß
warum
er
das
so
sagen
muß
wenn
er
weiß
daß
er
nichts
mehr
zu
sagen
hat
der
hat
wieder
etwas
zu
sagen

Rückschluß auf unseren Zustand

Man hat lange angenommen
Größenwahn
sei ein Wahnsinn der Kleinen
Die Größeren
glaubten sich
deshalb
sicher vor ihm

Ohne von dieser Annahme zu wissen
können wir aber den Zustand der Welt
nicht erklären
oder nur
indem wir aus ihm darauf schließen
daß diese Annahme
verbreitet gewesen sein muß

Der Guacharo

Das Wort heißt »Er trauert und schreit«
Die Indios in Venezuela
hatten Angst vor dem Höhlenvogel:
»Da rufen uns unsere Toten
Aus diesen Höhlen
kommen wir nie mehr heraus
Wenn wir den Rufen nachgehen
müssen wir sterben«

Die Missionare
nannten die Schreie der Geister
heidnischen Aberglauben
und brachten Licht in die Höhlen
Da fanden sie den Guacharo
Er lebt im Dunkeln
und vermeidet die Höhlenwände
durch den Widerhall seines Schreis

Seine Jungen sind dick und rund
Die furchtlos gewordenen Indios
füllen Säcke mit ihnen
und sieden das Fett aus den Leibern
zum Kochen und
als Öl für Höhlenlampen
um mehr Guacharojunge
zum Kochen zu finden

Alexander von Humboldt
nannte den Höhlenbewohner
Ölvogel
weil seine Jungen Öllampen speisen
dank dem Lichte der Aufklärung
welches die Priester brachten
in die Finsternis des Guacharo
Er stirbt jetzt aus

Poříč, Arbeiterunfallversicherung

K. ist verhaftet worden
bleibt aber auf freiem Fuße
während das Gericht
im geheimen über ihn tagt

Aus wem es besteht
auf welches Recht es sich stützt
wird nicht mitgeteilt
Termine tragen kein Datum

Zwei Wächter haben
Anlaß zur Klage gegeben
sie werden dafür geprügelt
in camera

Das Tor zum Gesetz steht offen
Der Türhüter lacht:
»Versuche es doch trotz meinem Verbot
Ich bin mächtig«

Untergeordnete Schauspieler
kommen K. holen
sie sind nicht darauf vorbereitet
gefragt zu werden

Die Logik ist
zwar unerschütterlich aber
einem Menschen der leben will
widersteht sie nicht

Die Gedichtüberschrift gibt Franz Kafkas Arbeitsplatz an. Der Text, Ende August 1968 entstanden, stützt sich, teils in Zitaten und Halbzitaten, auf Kafkas Werk »Der Prozeß«.

Zurückblickend

Die besseren Aussichten
eröffnen sich dadurch daß wir
die sonst keine haben
das offen zu sagen beginnen

Die Zukunft liegt nicht darin
daß man an sie glaubt
oder nicht an sie glaubt
sondern darin
daß man sie vorbereitet

Die Vorbereitungen
bestehen nicht darin daß man
nicht mehr zurückblickt
sondern darin
daß man sich zugibt

was man sieht beim Zurückblicken
und mit diesem Bild vor Augen
auch etwas anderes tut
als zurückblicken

Negative Dialektik

Die Marxime der Frankfurter Schule
    Die Philosophen
    haben die Welt nur verschieden
    interpretiert
    es kommt darauf an
    sich von ihr verändern zu lassen
gab Anstoß zu
bösartiger Kritik

Die Frankfurter Schule könnte
den Vorwurf des Passivismus
widerlegen durch Hinweis darauf
wie ihre Prominenz
schon längst von sich aus
aktive Beiträge leistet
zur Umgestaltung der Basis
der Interpretation

Sie rang sich zum Beispiel durch
zu der Erkenntnis
    Es ist nicht genug
    Walter Benjamins Texte
    nur verschieden zu interpretieren
    es kommt darauf an
    sie zu verändern
Und das tat sie dann auch

Bekenntnis zur Verwurzelung in der freiheitlich-demokratischen Gesellschaft

für Günter Wallraff

Ich glaube
an die freiheitlich-demokratische Gesellschaft

Glaube
an die freiheitlich demokratische Gesellschaft!

Der Glaube an die freiheitlich-demokratische Gesellschaft
macht selig

Der Glaube an die selige Gesellschaft
macht freiheitlich-demokratisch

Der Glaube an die selige Demokratie
macht die freiheitliche Gesellschaft

Der Glaube an die Seele der Gesellschaft
macht die Demokratie frei

Der Glaube an die Freiheit der Demokratie
macht die Gesellschaft gesellig

Die Freiheit der demokratischen Seele
macht die Gesellschaft gläubig

Wers glaubt wird selig
Wers nicht glaubt wird noch schneller selig

Politische Ästhetik

Eine Ohrfeige
für einen Bundeskanzler
mitten auf seinem Parteitag
in Westberlin
ist geschmacklos
so heißt es

so geschmacklos
wie die Gewalt
der Berliner Studenten
die dieser Bundeskanzler
kurz vor der Ohrfeige
unappetitlich nannte

Daß aber ein Mann
der der Nazipartei angehörte
und in gehobener Stellung
in seinen Rundfunkprogrammen
Hitlers Gewalt
appetitlich zu machen suchte

Bundeskanzler wurde
gilt nicht als geschmacklos
obwohl zu bedenken wäre
daß das für viele Menschen
unappetitlich
und eine Ohrfeige ist

Gedicht gegen die APO

Die Nationalsozialisten
haben uns beigebracht
wie wichtig es war
sich Sozialisten zu nennen

Ganz ähnlich lehren uns heute
die Nationaldemokraten
wie wichtig es ist
zu betonen man sei Demokrat

Die Sozialdemokraten
kämpfen seit eh und je für
demokratischen Sozialismus
das sagt schon ihr Name

Und die Christdemokraten sind demnach
so christlich wie demokratisch
und die FDP
ist auch demokratisch und frei

Wer soviel Demokratie
und Christentum und Sozialismus
und Freiheit nicht würdigen kann
der verdient was ihm blüht

Justiz der kleinen Schritte

1

Vorbeugehaft
ist ein Mittel
das Recht schon im voraus
zu beugen

das man dann in der Verhandlung
und im Urteil
endgültig
bricht

2

In
Vorbeugehaft
gehören
höchstens
jene
von
Rechts
wegen

die
die
Vorbeugehaft
einführen
wollen
von
links
wegen

Das Regelrecht

1

Nicht die Ausnahme
sondern
der Ausnahmezustand
bestätigt
die Regel

Welche Regel?
Zur Unterdrückung der Antwort
auf diese Frage
wird der Ausnahmezustand
erklärt

2

Das Notstandsrecht
liegt
in Schußweite
des Standrechts

das heißt
nicht weiter
als die Länge des Körpers
einer zur Strecke gebrachten
Demokratie

Die Unbelehrbaren singen

Die Internationale
die es nicht gibt
erkämpft also
singt man
ohne zu sagen wie
das Menschenrecht
das im Bedarfsfall unschwer
als utopische Abstraktion
zu entlarven wäre

Auch das letzte Gefecht ist
wie man zugeben muß
eine grobe Vereinfachung
wenn nicht
ein eschatologisches Wunschbild
und die Verdammnis wurde
den Verdammten schmackhaft gemacht
so daß sie Signale
gar nicht mehr hören wollen

Und wer soll Signale geben
wie ihnen Gehör verschaffen
auf dem Boden des Grundgesetzes
oder des Warschauer Paktes?
Und drum wacht auf
Verdammte dieser Erde

Friedenshoffnung von neuem Typus

Zur Strafe dafür
daß die Wirklichkeit
des Sozialismus
in einer Zeit des Übergangs
fehlerhaft ist
und nicht erfüllt hat
was ich erhoffte
soll ich dem Sozialismus
den Rücken kehren
und die Ausbeuter nicht bekämpfen
sagen die Ausbeuter
und berufen sich auf mein Gewissen
als Sozialist

Unter Hinweis darauf
daß es die Ausbeuter sind
die Vertreter der alten Ordnung
die den Sozialismus bekämpfen
indem sie scheinheilig
seine Fehler beklagen
fordern einige die
im Namen des Sozialismus
an der Macht sind
daß ich ihre Fehler
mit keinem Wort mehr erwähne
solange der Sozialismus
noch Feinde hat

Dabei sind aber ihre Fehler
die beste Hilfe
für die Arbeit
der Feinde des Sozialismus
Diese Fehler bleiben auch sichtbar
wenn ich kein Wort davon sage
Dann liefert sogar mein Verstummen
den Feinden noch einen Beweis

Ich frage mich
ob der Koexistenzkampf
von Sozialisten
die freie Kritik unterdrücken
und freien Ausbeutern
die sich darüber empören
nicht allem Anschein zum Trotz
immer friedlicher wird

Dann überlaßt ihr ihn der Pein

Durch euer Gerede
von bezahlten Agenten
des Feindes
vergißt einer noch
daß es wirklich
Agenten
und Feinde
gibt

Dann überführt ihr
ihn
des Mangels
an Wachsamkeit
zu dem
ihn doch
erst euer Gerede
verführte

Ein Wegbereiter

Genossen ich sehe bei euch
noch viele Schwächen
Drum bleibe ich lieber allein
und schärfe einstweilen
die Waffe unsrer Kritik.
Sogar die Bürger
unterstützen mit Stiftungen
meinen Kampf um die Theorie

Das muß ihr schlechtes Gewissen sein
welches zwar zuläßt
daß sie die mangelhafte Bewegung von heute
bekämpfen
doch sie zur Hilfe zwingt
bei dieser Grundsteinlegung
einer fehlerfreien Richtung
des künftigen Sozialismus

an die sie dann eines Tages
widerstandslos ihre Macht
abtreten können
ohne Angst um die Zukunft der Menschheit.
Also sind sie vielleicht
im Kern ihres Wesens gar nicht
reaktionär.
Oder was meint ihr Genossen?

Ehrliche Überzeugungen

»Wir werden
dem Geschlechtsakt
schon hinter die Schliche kommen«
versichern uns
die Genossen Impotenten

Es gibt auch Genossen die sagen
»Wir werden durch Praxis lernen
wie man die Revolution macht
denn unser Sieg
steht ja fest«

Nach der Korrektur

für Ernst Fischer

Denk dir den Sozialismus
von allem befreit
was dich stört

Frage dich
wen er dann
erst recht stören würde

Niemand als der
ist und bleibt wirklich
dein Feind

Anleitung zur Erhaltung der Schlagkraft

Viel Feind, viel Ehr!

Feinde
sind zu weit entfernt
und meistens
zu gut gesichert

Drum ernenne Freunde
zu Feinden
und schlag ihnen
die Fresse ein

Machst du sie dadurch
erfolgreich
zu Gegnern
so kannst du dich rühmen:

Ich war der erste
der aufstand
und losschlug
im Kampf gegen sie

Copyright

Wieviel
Jahre
nach
Gottes
Tod
erlöschen
seine
ausländischen
und
deutschen
Urheberrechte

Erstickübung

Tief denken
eindenken
ausdenken
jetzt nur mehr flach denken

Flach eindenken
ausdenken
eindenken
jetzt nicht mehr ausdenken

Schön stillhalten
so bleiben
überhaupt nicht mehr
denken

oder nur
an etwas ganz anderes

Weitere Fragen eines lesenden Arbeiters

Von denen
die mir erklärten
Kritik sei tot
und es sei auch nicht schade um sie
lernte ich
gleichzeitig
folgende Worte:

Literal
Hermeneutik
Hermetik
Redundanzgrad
Proliferations-
tendenzen
Affirmation und
Epiphanie

Ich glaube
es ist doch schade um sie
daß sie tot ist
Nun kann ich alle
die schönen
Worte
nicht mehr
gebrauchen

Ich wüßte nur gerne
ob sie
von diesen Worten
gelebt hat
oder ob sie
an ihnen
gestorben ist

Die Wiedergeburt der Dichtung

O Glanz der Sklavensprache
bald kehrst du uns wieder!
Dann dürfen auch wir uns aufs neue mit gutem Gewissen
spiegeln in allen Zeiten von denen wir je genug
gelesen haben um auf den Geschmack zu kommen
und sie zu zerlassen auf dem langsamen Feuer
unseres Lebens
zu fetten Anspielungen

Dank sei den Mächtigen die uns mit kluger Staatskunst
den Weg versperren zur Dürre der einfachen Aussage
und uns bereichern
indem sie uns hinführen zur
Verbrüderung mit anderen Zeiten in denen
fast wie heute die Vorsicht der Freiheit die Hand hielt

Nun ist es nicht mehr nötig an Neues zu denken
oder etwas zu schildern genauer als leichtfällt
Nein was alle schon wissen nur anzudeuten
mit einem Anflug von Mut
bringt reichen Applaus ein
und die Mächtigen gönnen den Kleinen den kleinen Trost
und dulden fast immer
was Luft macht und sie nicht gefährdet

Unser Publikum
dem nichts mehr genügen wollte
machen sie hellhörig und wieder dankbar
denn die Sehnsucht nach Freiheit
wenn uns die Vielgeliebte
noch leichtverschleiert dahinlockt
ist schöner als die nackte
schamlose Freiheit selbst
vor der sie uns vorsorglich schützen

Erziehung zum Kunstverstand

Wenn die Söhne der Arbeiterklasse
herangewachsen
unter dem Kapitalismus
so gute Kunstrichter wären
wie sie behaupten
so aufgeschlossen
so sicher
im richtigen Denken

wie bewunderswert
müßte
die Umwelt
gewesen sein
die sie das lehrte:
wie herrlich
müßte
der Kapitalismus sein

Bildschirm

für Heiner Bastian

Die inneren Bilder
die Vorstellungen

die äußeren Bilder
die Nachstellungen

die oberen Bilder
die Unterstellungen

die gestellten Bilder
die Entstellungen

die lebenden Bilder
die Totstellungen

die toten Bilder
die Lebensstellungen

Tauschwert

Suche neue Menschen
biete neue Gedichte
Gar keine Angebote?
Ich glaube das heißt

daß neue Menschen
nicht mehr vorrätig sind
Denn daß sie zwar dasind
aber gehamstert werden

ist nicht anzunehmen
Man hat sie doch neuerdings
wo immer sie auftauchten
vertrieben oder vertilgt

Man würde jetzt also vermutlich
wenn man sie hätte
sogar gleich mehrere geben
für jedes Gedicht

Denn neue Gedichte
werden bei uns noch immer
bereitwillig aufgenommen
wie dieses hier

Schwertwert

Ein Richtschwert
ein Römerschwert
ein Zweihänder
der durch
Metall schlägt

Ein scharfgeschliffenes Schwert
durchschneidet
ein hängendes Haar
ein Regenschwert Regentropfen
ein Tauschwert den Tau

Aber warum
mit Schwertern
den Tau
zerhauen?

Was ist der Nutzwert
und was
ist der Tauschwert
von einem Tauschwert?

Wir haben davon
keinen Tau
nur ein blitzendes Wort:
ein Tauschwert

Beim Lesen der Gesammelten Werke Bertolt Brechts

1 *Die Paletoten*

Ein Gedicht über seine Schulzeit fängt an
»Die ärmeren Mitschüler in ihren dünnen Paletoten«.
Kopfschüttelnd vermerkte ich hier eine falsche Mehrzahl
denn ich wußte
das heißt doch Paletots

Als ich dann in dem Gedicht las was aus der Mehrzahl
seiner ärmeren Mitschüler geworden ist
»In den flandrischen Massengräbern,
für die sie vorgesehen waren«
radierte ich kopfschüttelnd meinen Vermerk wieder aus

2 *Vom Sprengen*

Sein Titel
VOM SPRENGEN DES GARTENS
machte mich stutzig

Meint er Sprengung
oder Besprengung?
Die Zweideutigkeit

ist ein Fehler
unserer Zeit
nicht seines Titels

3 *Zu nachtschlafender Zeit*

»Die Behörden sollen eine Untersuchung führen
So heißt es. Im Stadtviertel
schläft niemand mehr nachts.«

Diese Stelle in Brechts Gedicht
scheint uns veraltet
Daran

sind nicht die Behörden schuld die noch immer
Untersuchungen führen –
Aber das Volk

hat nachts wieder schlafen gelernt
nicht weil es schlecht ist
sondern weil es am Tag arbeiten muß

Um aber schlafen zu lernen:
sagt es:
Was geht das uns an?

4 *Das Bleibende*

Mein Freund H. las uns vor
aus den Gedichten nach 1933
»Der Sieg der Gewalt
Scheint vollständig.

Nur noch die verstümmelten Körper
Melden, daß da Verbrecher gehaust haben.
Nur noch über den verwüsteten Wohnstätten die Stille
Zeigt die Untat an.«

Sein zwölfjähriger Sohn
fragte verwundert:
War denn auch damals schon
Krieg in Vietnam?

5 Die unvollkommene Auslöschung

»Dann seid ihr nicht mehr ihr selber …
sondern allesamt
ohne Namen und ohne Mutter,
leere Blätter, auf welche die Revolution
ihre Anweisung schreibt«

Das ist DIE AUSLÖSCHUNG
im zweiten Teil des Lehrstücks
DIE MASSNAHME
Doch auf den Blättern
standen noch ältere Texte

zum Teil verblaßt
oder von Tränen und Schweiß
verwischt
oder durchgestrichen
nach schlechten Erfahrungen

Aber leer waren sie nicht
Drum wird nicht jede Anweisung
welche die Revolution
auf sie geschrieben hat
richtig entziffert

Gegenbeweis

Eine
Methode
die
in
dieser
Gesellschaft
Erfolge
aufweisen
kann
zwingt
uns
an
ihr
zu
zweifeln

aber
eine
Methode
mit
der
man
Schiffbruch
erleidet
muß
deshalb
noch
nicht
die
richtige
sein

Fehler

Dann kommen die Wohlmeinenden
und schütteln besorgt die Köpfe
und sagen den Fachleuten:
»In Vietnam werden Fehler gemacht«

Schon ihre Vorgänger warnten
die Regierung des Dritten Reiches:
»Die Gaskammern sind ein Mißgriff
und in Rußland benehmt ihr euch falsch«

Hätte man ihren Rat
damals beherzigt
könnte Hitler noch heute
ein geachteter Staatsmann sein

Zweckdenken

Denken
ein
Weg
in
dieser
Welt
Ruhe
zu
finden
Aber
unruhig
macht

daß
man
an
nichts
mehr
sonst
denken
kann

Von der inneren Freiheit

Ich bückte mich
um die glänzenden schwarzen Stiefel
unseres Herren
zu küssen
da sagte er:
Tiefer!

Als ich mich tiefer bückte
spürte ich in mir
herrlich
den Widerstand
meines Rückgrats
das wollte nicht krumm sein

Froh kroch ich weiter
dankbar unserem Herren
für dieses Erlebnis
meiner inneren
Würde
und Kraft

Uneigennützige Unterweisung

Mein Mörder
ist freundlich zu mir
er sorgt sich
um das
was ich denke

auch wenn er
den ganzen Tag lang
nicht abkommen
kann
vom Morden

nimmt er sich Zeit
und baut Schulen
und gibt Geld aus
für meine
Erziehung

daß ich rechtzeitig
lerne
ich lebe
in einer Welt
voller Mord

die geordnet ist
so
daß es nichts
als Selbstmord ist
an ihr zu rütteln

und daß daher
der
der mir rät
sie zu ändern
mein Mörder ist

Die Unnahbare

für Herbert Marcuse

Er nähert sich der Freiheit
von einer Seite
die wir nicht gewohnt sind

Er nähert sich der Freiheit
auf eine Weise
die uns nicht zusagt

Er macht sich an die Freiheit
heran
Was will er von ihr

Keinen Schritt weiter
Zurück da
oder wir schießen

Wir schützen die Freiheit
vor jedem
der ihr zu nahe kommt

Sie

Sie frißt ihre Kinder
sie trinkt das Blut ihrer Toten
sie predigt den Tauben
sie kennt keine höheren Werte

Sie vergißt ihren Weg
sie wankt von Verrat zu Verrat
von Fehler zu Fehler
sie schläft in den Niederlagen

Daß sie unnötig ist
lernt jedes Kind in der Schule
daß das Volk sie nicht will
hat das Volk sich endlich gemerkt

Daß sie nicht siegen kann
ist zehnmal genau bewiesen
Die es bewiesen haben
schlafen nicht gut

Die an sie glauben
sind manchmal müde von Zweifeln
Einige die sie hassen
wissen sie kommt

Unter Nebenfeinden

Nebensache

Beschäftigt mit meinem Kampf
gegen den Hauptfeind
wurde ich von meinem Nebenfeind
erschossen

nicht von hinten und heimtückisch
wie seine Hauptfeinde sagen
sondern nur von der Seite
auf der er schon lange stand

und entsprechend
seiner erklärten Absicht
die ich nicht bekämpft hatte
weil er zu unwichtig war

Darum brachte mich auch mein Tod
nicht in Verwirrung
Ich widme mich weiterhin einzig
dem Kampf gegen den Hauptfeind

Führer von Gottes Gnaden

Daraus daß sie
herrisch
und jähzornig sind

und schon früh einmal
einen
erschlagen haben

und allem Volk
ihre gültigen
Vorschriften machen

auf dem langen Weg
in das bessere Land
und dann sterben

unter seltsamen Umständen
immer
knapp vor dem Ziel

sieht jeder
daß sie alle
Moses gewesen sind

Anheimelnd

Heimtückisch
erklärt er
als Steigerungsstufe
von *tückisch*

denn wo
sei sonst soviel Tücke
wie im eigenen
Heim

:

Er fragt
das sogenannte
Schicksal
»Aus welchem Saal
wurdest du uns
geschickt«

Man sagt ihm »Das
ist eine falsche Deutung«
aber er meint
sie klingt richtig
für ein Wort
das so falsch klingt

Klassische Entscheidungsfreiheit

Im Mittelländischen Meer
woher unsere Kultur stammt
fand freie Wahl statt
zwischen Scylla
und Charybdis

Es hieß zwar die beiden
hätten sich heimlich verbündet
doch die meisten entschieden sich
für die eine
oder die andre

Sonderbarerweise
blieb keiner von ihnen
am Leben
außer Odysseus
Der erkannte die Wahl nicht an

Sebenstädter Heptatheismus

Der Rat der Sebenstädter
wählt alle Jahre vier Götter
die Minderheitspartei
dazu noch weitere drei

Fast alle Bürger lieben
einen Teil ihrer Sieben
denn Parteien sind gegenteilig
doch die Stadtordnung ist ihnen heilig

Drum beruht jede göttliche Tat
dort genau auf Wahl und Mandat
und Sebenstadt sind seine Sieben
Götter seit alters geblieben

Sie haben aufs Volk gut Acht
das sie seinerseits überwacht
So zeigt sich in aller Stille
Volkes Wille ist Gottes Wille

Durchlässig

In seine Sicherheiten
sind auf einmal Türen gebrochen
Schwingtüren Drehtüren Falltüren
Manche schließen nicht gut

Die Sicherheiten
sind nicht mehr ein festes Gewölbe
Wo bisher nur Wand war
geben Pforten und Luken nach

Er hielt seine Sicherheiten
für seinen größten Gewinn
teuer erkauft
aber sicherlich nicht zu teuer

Jetzt sollte er traurig sein
aber er sieht
um diese Türen
ist sein Haus reicher geworden

wie ein Traum in den man
eintritt im zweiten Stockwerk
dann steigt man hinauf in den Keller
und fährt unten zum Schornstein hinaus

als Rauch als Rauch
denn man kommt unterwegs
immer in ein Zimmer
mit einem Kamin

Im Lande der begrenzten Möglichkeiten

Wo ein Stuhl vom Fleck gerückt wird
schlägt der Fußboden Augen auf
drei oder vier
eines ist meistens blind

Aber auch die noch sehen
sehen nicht bis hinauf zur Decke
nur eine der leeren Stellen
in halber Höhe

Was sehen sie dort?
Sie fangen an zu blinzeln
Die Bretter der Rednertribüne
knarren den Tisch an

Man schiebt ihn weg
An den Stellen wo seine Füße
gestanden haben
öffnen sich größere Augen

Ich sehe in ihnen
daß ich schon einmal hier war
Und zuletzt die zwei Schüsse
sind fast ein erwarteter Gruß

Aberglaube

Das Loch im Parkett
und die Grube im Bett

und der hohle Zahn im Kiefer
und der Hang aus grauem Schiefer

und die Zinken an den Toren
und das Sausen in den Ohren

und der Nachtwind in den Drähten
und der Schein an Holz und Gräten

und die Würmer auf den Wegen
und das Knirschen stumpfer Sägen

und der Krüppelast der Eiche
die bedeuten alle das gleiche

Menschenbild der Scheiße

Aus meiner Sicht
ist der Mensch
meine äußere Hülle

deren ich mich
entledige
auf dem Abort

Fast gleichlautend
äußert sich übrigens
auch der Urin

Franz oder Eine Liebe ersten Ranges

Sooft
Max Brod
sich genötigt sah
seine politische Meinung
zu ändern
bewies er
auch Kafka
habe gedacht
wie er

Franz Kafka
ist deshalb
der einzige Mensch
von dem feststeht
daß er
seine Meinung
mehrmals
geändert hat
nach seinem Tod

Max Brod veröffentlichte 1922 *Franzi oder Eine Liebe zweiten Ranges*, Roman.

Nachgelassenes Lehrstück

Brecht stellt sich
listig
verdrückt
vor mich hin
um den Staat
zu spielen

»Ich weiß
ich *soll* verschwinden«
sagt also der Staat
mit einem scheelen Seitenblick
auf die
die das wollen

Er verschwindet nicht
sondern
er wird verschwenderisch:
Alle
auf die sein Blick fällt
läßt er verschwinden

Nach: Walter Benjamin, Versuche über Brecht, 28. Juni 1938.

Päderastie als Waffe

Den Knaben die er im Kino getroffen hatte
gestand André Gide
im Bett oder am Morgen
nach einer durchliebten Nacht:

Du kannst deinen Freunden sagen
du hast mit einem berühmten Mann geschlafen
mit einem Schriftsteller
Mein Name ist François Mauriac

Kritik an Otto Muehls ›Penisaktion‹

»Man nehme einen Bildband
über die abendländische
Malerei
schlage sein Lieblingsbild auf
durchlöchere mit Hilfe
eines scharfen Messers
das Buch von rückwärts
und zwänge seinen Penis
mitten in die abendländische Malerei«

sagt Otto Muehl
Die Montage zeigt seinen Penis
(Ehrlichkeit ihres Schöpfers
immer vorausgesetzt)
in einem Bildband
und Muehl erklärt dazu
nur auf diese Weise
sei die Kunst
noch zu retten

Doch *von rückwärts?*
Es müßte heißen *von hinten*
Aber *hinten* klingt unanständig
und so zwängt Muehl schüchtern und höflich
seinen Penis
von rückwärts hinein ins Buch

1. Strophe wörtlich nach Otto Muehl, *Papa Omo*, Wien 1967.

Beim Lesen von H. M. Enzensbergers ›zweifel‹

»im großen und ganzen«

Im großen und ganzen
sagt er im großen und ganzen
so freundlich
daß man
an etwas großes
und ganzes denkt

Erst bei seinem
zweiten
im großen und ganzen
merkt man
er meint im kleinen
und im zerbrochenen

:

»denen mein zweifel gleichgültig ist
die haben andere sorgen«

Die Sorgen der Gleichgültigen
gleichgültig ob sie
andere Sorgen haben
als unseren Zweifel
zu unserer Sorge zu machen
dafür müßten wir sorgen

Ich mache mir Sorgen
denn wenn es uns nicht gelingt
ihre Sorgen als ebenso gültig
wie unsere zu erkennen
werden wir bald
andere Sorgen haben

Lust zu fabulieren

Seit ich wirklich schreiben kann
schreibe ich meine Geschichten
nicht mehr nieder
sondern begnüge mich
mit der Inhaltsangabe
und gebe im Grunde nur an
weshalb ich meiner Geschichte
diesen Inhalt zu geben wünsche
beziehungsweise
welche Inhalte ich
verbergen will
hinter dem scheinbaren Inhalt
und füge in einer Fußnote hinzu
aus welchen inhaltlichen
und formalen Gründen
ich schließlich Abstand nehme
von dieser Absicht

Der Würfel

Der Würfel
spielt
um die
Hand
die ihn
fallen läßt

Seine
Augen
lesen
in ihren
Linien
kein Glück

Enteselung

Mein Glaube
schleppt keinen Sack mehr
in Gottes Mühlen
ob sie langsam und fein
oder rasch mahlen
und grob

Störrisch geworden
läßt er sich auch durch Hiebe
nicht Beine machen
Er streckt alle Viere von sich
und sagt sobald nicht wieder
J A

Auf dem Schlächterweg

Der Metzger fiel um
Seine Schweine fraßen die Kleider
Sie wollten ihm Luft machen
aber er rührte sich nicht

Die Schweine stießen ihn an
Sie versuchten ihn hochzubringen
mit Harn und mit Lecken
Sie schmiegten sich wärmend an ihn

Auf dem Weg zwischen Gärten und Wiesen
verstummte ihr Quieken
Mitten im Leben
fiel unter sie der Tod

»Man wird uns noch schlachten dafür
wie die lieben Soldaten!«
doch sie steckten ihm fromm Petersilie
in Ohren After und Mund

Versuch über die Befreiung vom Obszönen

»Nicht das Bild
einer nackten Frau
die ihre Schamhaare
entblößt ist obzön
sondern das eines Generals
in vollem Wichs
der seine in einem
Aggressionskrieg
verdienten Orden
zur Schau stellt«

Ja
aber wie
wenn die Frau
ihre Schamhaare
auf dem Bild
entblößt
damit er
seine Orden
weiter
zur Schau stellen kann?

:

Obszön ist das Tun als sei
das Obszöne gar nicht vorhanden
als gäbe es kein Angebot an Obszönem
als sei dieses Angebot nicht obszöner als alles
was es anbietet oder anbieten kann

Obszön ist
die Ablenkung vom Obszönen
denn das Obszöne
dient selbst zur Ablenkung
und ist erst dadurch obszön

1. Strophe wörtlich nach: Herbert Marcuse, *Versuch über die Befreiung.*

Bitter

Sie ist zu groß
man kann sie nicht
auf den Kopf küssen
und sie zugleich ficken

Sie hat zu viele Männer gehabt
Ihr Eingang und Ausgang
gewährt zuviel Spielraum
jeder Stoß geht ins Leere

Sie ist zu hart
ob man in ihr verblutet
oder sie kratzt mit Nägeln
sie gähnt und schläft ein

:

Es mit der Wahrheit treiben
ist verboten
wie mit einer Leiche
oder mit einem Tier

oder mit seinesgleichen
oder sich selbst
denn die Wahrheit
ist in Wahrheit das alles

Zwar schlägt sie ein Auge auf
und singt ein Lied
daß sie ganz anders ist
aber das ist eine Lüge

Tierisch

Seit er ihr
den After
liebkost hat
mit einem feuchten
Finger

verlangt sie
»Ja
Tu das wieder
wie es
die Tiere tun«

Er tut es jetzt
regelmäßig
und fragt sich
»Welches Tier
tut das«

Englische Besonderheiten

In England heißt die Sodomie
Bestialismus
Liebe mit Tieren
wird bestialistisch genannt

Daher müßte man einen Hund
der seine Herrin liebt
was in England vorkommt
als *Humanisten* bezeichnen

Heidnische Offenbarung

Einem Beter dem in der Not
wirklich sein Gott erschien
gebot dieser strammzustehen
und nicht mehr zu knien:

»Sentimentalität
ist hier nicht am Platz
denn du bist auserkoren zum Zahnersatz!«

Er klärte den hochaufhorchenden Beter hierauf
über die höheren Ortes
herrschende Sachlage auf

Da habe ein älterer Gott keine Zähne mehr in den Backen
und müsse doch immer noch sein Pensum an Welten knacken

Der Götterrat habe beschlossen
um sein Zahnfleisch nicht zu verletzen
ihm Menschenreihen in seine Kiefer zu setzen

natürlich fest in ihr Schicksal einzementiert
daß keiner beim Kauen seine Bestimmung verliert

Jener alte Gott sei beliebt bei den Göttern und sein Gebiß
sei drum jedergotts Sache:
»Das verstehen Sie doch gewiß?«

Der Beter wendete ganz verschüchtert ein
ob sich andre nicht besser eigneten
aber sein Gott sagte: »Nein

Ein Gottesgebiß hat nicht wie ein Menschenmund bloß
zweiunddreißig Zähne. Die Zahl ist schwankend doch groß

und der wechselnde Zahnbedarf
jenes Altgotts mit Weltkaubeschwerden
ist jeweils so groß wie die Anzahl der Menschen auf Erden«

Im übrigen sei der Beter nicht recht gescheit
denn die Zahndienstpflicht sei ja kein Befehl in der Zeit

Nein in vielerlei Dimension steh' er längst schon
in Zahnreih und -glied
und knacke Welten – nur ein Mensch wisse nie was geschieht

Drum helfe kein Bitten und er halte am besten den Mund
sonst kämen Bakterien hinein
und das sei für ihn als Zahn nicht gesund

Seither weiß der Beter
er hilft beim Knacken von Sonnensystemen
Und wenn Mitmenschen jammern
dann sagt er sie sollen sich schämen

Klosettumfrage im British Museum

»Who would you like
to do it with?«
stand an der Wand

»With little boys«
»With schoolgirls!«
Beides war durchgestrichen

»With Princess Margaret!«
»Me with the Queen!!!«
und auf Deutsch »MIT GOTT«

Doch darauf wies ein Pfeil
mit der Aufschrift
»You fucking saint!«

Nahrungssorgen

Wir speisen
Tiere
da bleibt offen
wer wen
verspeist

nicht Geschmacksfrage
nicht Frage des Ausdrucks
der Moral
oder freien Wahl
sondern Frage der Macht

Tiermarkt/Ankauf

Der Polizeipräsident
in Berlin sucht:
Schäferhundrüden.

Alter ein bis vier Jahre,
mit und ohne
Ahnentafel.

Voraussetzungen: einwandfreies Wesen
rücksichtslose Schärfe
ausgeprägter Verfolgungstrieb

Schußgleichgültig
und
gesund

Überprüfung
am ungeschützten Scheintäter
Hund mit Beißkorb

Gezahlt werden
bis zu
750,-- DM

Angebote an:
Der Polizeipräsident
in Berlin W-F 1

1 Berlin 42
Tempelhofer Damm 1 – 7
Tel. 69 10 91

Apparat
27 61
Strich 64

Diese Anzeige des Polizeipräsidiums erschien im Westberliner »Tagesspiegel« am 28. Februar und 7. März 1970. 28. Februar: Reißkorb; 7. März: Beißkorb – Wortlaut nicht verändert.

Am Ende ein Ort?

Zeitgenossen
durchsichtig
wirksam erleuchtet
hinter Glas
Sie sprechen das
was der Fische

Sprache wäre
Man sieht
woraus sie bestehen
was sie gegessen haben
und ausscheiden
und wie ihr Herz schlägt

Großer Schiffbruch

Wenn die Freiheit
flitzt
durch die Luken
wie Fische

und das Glück
läuft jenseits des Wassers
mit Vögeln
über die Wiese

und das Recht
wiegt
seine Schalen
auf klarem Sandgrund

dann wische ich
die Luftblasen von meinem Spiegel
um mich zu sehen
wie bevor ich ertrank

Beim Einziehen des Schwanzes

Gestern noch wildernder Hund
heute scharfer Bewacher

der Grenze zwischen
Verwilderung und Bezähmung

Warte nur:
morgen schon zahmes Wild

:

Auch ich kann bellen
aber ich bin kein Hund

Auch ich kann schnuppern
aber ich geh auf zwei Beinen

Ich traf den redenden Hund
er stand da an der Zirkuskasse

Ich bellte ihm freundlich zu
er knurrte: »Was soll der Unfug?«

Revisionismusrevisionismus

Zugegeben es wurden Fehler gemacht
Weil aber bei ihrer Bekämpfung die Tendenzen
nach der entgegengesetzten Richtung zu übertreiben
zu stark sind
bekämpfen wir diese Fehler am besten

erstens indem wir sie nicht zugeben
und zweitens
indem wir sie von Zeit zu Zeit wieder machen
besonders dann wenn sie uns zur Bekämpfung
der ihnen entgegengesetzten Tendenzen dienen

Da aber diese Tendenzen immer der Hauptgrund
für die Rechtfertigung der begangenen Fehler sind
entzieht ihre Unterdrückung
auch diesen Fehlern den Boden
So kommen wir endlich auf unseren richtigen Kurs

Praktische Arbeit

Um die
Stammler
als einer
der ihren
reden
zu lehren

lernte ich fließend stammeln

Warum
verprügeln
sie mich?

Konflikte zwischen Alleinerben

Mein Marx wird deinem Marx
den Bart ausreißen

Mein Engels wird deinem Engels
die Zähne einschlagen

Mein Lenin wird deinem Lenin
alle Knochen zerbrechen

Unser Stalin wird eurem Stalin
den Genickschuß geben

Unser Trotzki wird eurem Trotzki
den Schädel spalten

Unser Mao wird euren Mao
im Jangtse ertränken

damit er dem Sieg
nicht mehr im Wege steht

Archimedischer Doppelpunkt

Ein oder zwei Gedanken
des sehr überschätzten Genossen
bieten sich an als Ansatz
für meine Kritik

Wenn ich es richtig anfange
kann ich mit ihrer Hilfe
alles was ich nicht verstehe
unmöglich machen

:

Ich habe gezeigt warum man
bewährte Genossen
nicht kritisieren darf
auf Grund von ein bis zwei Fehlern

Nun verkünden sie nur noch
Thesen mit ein zwei Fehlern
und sind dadurch
sicher vor jeder Kritik

Entlarvung eines Mitkämpfers

Der Unterschied zwischen seiner geradezu
verfolgungswahnsinnigen Darstellung dieser Gesellschaft
als Verschwörung gegen die Menschheit
und meiner gesunden Skepsis
scheint auf den ersten Blick
nur an den Mängeln seiner
politischen Bildung zu liegen
auf Grund deren er alles vereinfacht

Erst bei genauerem Zusehen ist zu erkennen
daß seine Methode mir eine doppelte Falle
stellt indem er einerseits mich überflügelt
an Schärfe des Angriffs
damit mich keiner mehr hören
und ich als lau gelten soll
im Kampfe gegen das Unrecht

andererseits indem sein bewußt übertriebener Angriff
auf die herrschende Ordnung
so sehr der Beweise ermangelt
daß dann der Ärger der Leute
über Anklagen ohne Beweise
die herrschende Ordnung stützt ja in den Stand setzt
auch meine gesunde Kritik
als wahnsinnig abzutun

Daraus wird klar daß sein Verfolgungswahn
weniger Wahnsinn ist als ausgeklügelte Taktik
um mein Ansehen zu untergraben
und mich gleichzeitig bloßzustellen
als Kritiker einer Gesellschaft
die sein scheinbar so wilder Angriff
so stärkt und reizt daß sie mich nun verfolgen kann

Hoffnung

Daß wieder
Hoffnung besteht
kann man am leichtesten
einem

glauben
von dem man weiß
daß er
auch ohne Hoffnung

weiter
arbeitet
und auch dann noch
besteht Gefahr

daß keine
Hoffnung besteht
sondern daß er
nur müde wurde

Arterhaltung

Die Disziplin
ist fortpflanzungsfähig
sobald sie

verhindert
daß man noch fragt
ob sie notwendig ist

In der Hauptstadt

»Wer herrscht hier?«
fragte ich
Sie sagten:
»Das Volk natürlich«

Ich sagte:
»Natürlich das Volk
aber wer
herrscht wirklich?«

Kummer des großen Machthabers

Er lügt
aber er will
daß man sieht
er sagt
die Wahrheit

Er muß also
Maßnahmen treffen
daß alles
so wird
wie er gesagt hat

Er hat die Macht
das zu tun
Er kann fast alles
nur nicht mehr lügen
und nicht mehr die Wahrheit sagen

Deckung

Er versteckte sich hinter seinen Fragen
vor seinen Fragen

Er versteckte sich hinter seiner Antwort
vor seiner Antwort

Er versteckte sich hinter seinem Schweigen
vor seinem Schweigen

Er versteckte sich hinter seiner Kritik
vor seiner Kritik

Er versteckte sich hinter seiner Einsicht
vor seiner Einsicht

Er versteckte sich hinter seiner Entscheidung
vor seiner Entscheidung

Er versteckte sich hinter seinem Versagen
vor seinem Versagen

Er versteckte sich hinter seinen Taten
vor seinen Taten

Er versteckte sich hinter seinen Genossen
vor seinen Genossen

Beschwerde des Meletos und Lykon

Er weiß also daß er nichts weiß
außer das eine
daß er nichts weiß
Doch das ist sein sträflicher Irrtum

Denn wenn er sonst nichts weiß
wie will er dann wissen
was *nichts* und was *wissen* heißt
und die Worte die das erklären

Und woher weiß er dann
daß er ein Recht hat zu sagen
daß er nichts weiß
von den Göttern und seinen Pflichten

Solche Lehren können
nicht länger geduldet werden
Er vergiftet die Jugend
Der Schierling heilt sie von ihm

Therapeutische Überwindung der Militanz

Dein Widerstand
gegen die Polizei
die dich tritt
ist analytisch zu deuten

als alter Konflikt
mit der Autorität deines Vaters
und heimlicher Wunsch
von ihm vergewaltigt zu sein

So wirst du befreit vom Haß
gegen die Polizisten
du mußt nicht weinen
über ihr Tränengas

und kannst unter jedem Helm
die Augen des Menschen erkennen
und ihm zulächeln
wenn er dich niederschießt

Aufruf für die Zukunft des Lebens

Wir alle haben gelebt
und verstehen von Grund auf
daß der Weg zu uns
nicht immer leicht sein kann
Wir wollen daher den Streit
gegen kurzatmige Argumente
einzelner Lebender
in aller Stille begraben

Wir nehmen sogar
noch Lebende in unsre Reihen
vorsärglich auf
wir verlieren so nichts an Boden
denn sie ersterben vor Ehrfurcht
und vertreten entsprechend lebhaft
ihre langfristigen Interessen
als künftige Tote

Aber wer von den Lebenden
weiß im Grunde soviel vom Leben
wie wir die es nun
unter unsere Schutzherrschaft nehmen
Kraft unserer reichen Erfahrung
wollen wir fortan
die Zukunft des Lebens beschützen
Tote schließt euch zusammen

Erleichterung für die Herrschenden

Unsere Politik ist
wo immer das geht
unsere Politik
nicht Politik zu nennen

Wir sind daher froh
und finden es dankenswert
daß unsere Feinde
Politik eng einschränken wollen

und daß sie Literatur
und Kunst und Allgemeinbildung
als integrierbar
kampflos uns überlassen

Die Drahtzieher

Einen Draht
kann man durch alles ziehen

durch Ohren
durch Hoden und Glied
durch Brüste
durch beide Wangen

Ein kleiner Ruck an dem Draht
macht Gefangene fügsam
und bringt sie zum Reden
ohne daß vorher einer

aus dem fliegenden Hubschrauber
gestürzt werden muß
damit die anderen
nicht mehr hartnäckig schweigen

Dann das Geständnis
und dann erst die Blutvergiftung
Ausgang tödlich
Keiner erhebt mehr Klage

an welchem Draht ihn die Freiheit
gezogen hat

Die Verwendung von Draht zur Kontrolle gefangener Angehöriger der Befreiungsfront in Vietnam – oder Gefangener unter bloßem Verdacht – wurde besonders 1967/68 wiederholt in der englischen Presse gemeldet.

Recht und billig

Für jeden von ihnen getöteten Zivilisten
der nicht gegen sie gekämpft hat
zahlen die Amerikaner
120 Mark Entschädigung und für jedes
getötete Kind zahlen sie 60 Mark
außerdem für jedes zerstörte Haus
90 Mark bar
und zehn Sack Zement
und zehn Streifen Wellblech

Deshalb sollten wir
schon heute zu sammeln beginnen
für den Fall
daß einmal in Washington ein Präsident
erschossen wird
oder gehängt
damit man dann seiner Familie
120 Mark für ihn gibt
und die Sache so aus der Welt schafft

Und falls dabei Mitglieder seiner Familie
ums Leben kommen
wäre es praktisch
auch dafür Kleingeld bereitzuhalten
Und falls das Weiße Haus
dabei in die Luft fliegt
90 Mark extra
und zehn Sack Zement
und zehn Streifen Wellblech

The Guardian, London, berichtete im Dezember 1969, amerikanische Sprecher in Saigon hätten gesagt, die Angaben der Einheimischen über tote Frauen und Kinder in My Lai seien übertrieben, um mehr Entschädigungsgeld zu fordern. Die Entschädigungsbeträge wurden von der US-Botschaft in Saigon zuerst nach der Tet-Offensive bekanntgegeben.

Aufzählung

Fünfhundertsiebenundsechzig alte Männer Kinder und Frauen
erschossen in einem Dorf das My Lai heißt oder Song My

und in einem anderen Dorf »Alles was da herauslief
aus den brennenden Hütten erlegt wie beim Wurftaubenschießen!«

und Mädchen zuerst verhaftet und vergewaltigt
von jedem der Reihe nach und dann erstochen

und elfhundert Frauen und Kinder aus einem Ort an der Küste
auf Dschunken ins Schlepptau genommen und auf die See gebracht

bis die Dschunken kenterten und dann die Taue durchschnitten
und die noch schwammen mit Maschinenpistolen erledigt

und berechnet daß eine Uhr die gestohlen wurde
in einem Bordell in Saigon zehn Vietnamesen wert war

und deshalb vom Hubschrauber aus vietnamesische Zivilisten
die einen Zaun reparierten eins zwei drei abgeknallt

und im Mekong-Delta (»weil schon lange nichts los war«)
erklärt daß die Dorfbewohner als bewegliche Zielscheiben dienen

und aus dem Hubschrauber einen Gefangenen der nichts sagte
hinuntergestürzt um zwei zum Reden zu bringen

und während der Fall My Lai schon bekannt wurde
wieder zweihundertvierzig Frauen und Kinder getötet

am 12. November 69 im Dorfe
Bin-Du-Ong. Das alles sind Einzelfälle

Zusammengestellt aus Berichten in *The Times*, *The Guardian* und *The Observer*, im Spätherbst 1969, nach dem Bekanntwerden des Massakers von My Lai.

Mein Gewehr

DAS IST MEIN GEWEHR.
Es gibt viele gleich ihm, aber das ist meines.
Mein Gewehr ist mein bester Freund. Es ist mein Leben.
Ich muß es beherrschen, wie ich mein Leben beherrsche.

Mein Gewehr ist ohne mich nutzlos.
Ohne mein Gewehr bin ich nutzlos.
Ich muß mein Gewehr zielgerecht abfeuern.
Ich muß genauer schießen als mein Feind,
der mich zu töten versucht.
Ich muß ihn erschießen, bevor er mich erschießt.

Ich will es ...

Mein Gewehr und ich wissen,
was in diesem Krieg zählt, sind nicht die Magazine,
die wir verschießen, nicht der Knall unserer Entladung,
noch der Rauch, den wir machen.
Wir wissen, daß es die Treffer sind, die zählen.

Wir wollen treffen ...

Mein Gewehr ist menschlich, ebenso wie ich,
denn es ist mein Leben.
Darum will ich es lernen wie ein Bruder.
Ich will seine Schwäche lernen, seine Stärke,
seine Bestandteile, seine Zubehörteile,
sein Visier und seinen Lauf.
Ich will mein Gewehr rein und bereit halten,
ebenso wie ich rein und bereit bin.
Wir wollen jedes des anderen Teil werden.

Wir wollen es ...

Vor Gott schwöre ich auf diesen Glauben:
Mein Gewehr und ich sind die Verteidiger meines Landes.
Wir sind die Herren unseres Feindes.
Wir sind die Retter meines Lebens.

So soll es sein, bis der Sieg Amerikas ist
und es keinen Feind mehr gibt, nur den Frieden!

Aus dem Parris Island (U.S. Marine Corps) Yearbook. Unverändert.
Fast gleichlautende Texte finden sich bei den meisten Offiziersanwärtereinheiten an US-Universitäten.

Der Präsident

Als der Zorn über ihn groß geworden war
und mehr als hunderttausend Studenten demonstrierten
und einige seiner Mitarbeiter zurückgetreten waren
ging er bei Tagesanbruch
nur von drei bis sechs Bullen begleitet
in eigener Person zu den Studenten hinaus
und sprach – den Berichten nach – wie ein Vater zu ihnen

Er hatte schon tags zuvor verlauten lassen
er habe geweint beim Anblick der Pressefotos
der vier erschossenen Studenten von Kent, Ohio,
besonders der beiden Mädchen
da er selbst ja zwei Töchter habe

Er sprach also mit den Studenten unerschrocken
obwohl sich noch einige weitere einfanden und seine Bullen
laut Funkbericht beinahe zu Stein erstarrten

Dann ging er wieder
selbst gar nicht zu Stein erstarrt
sondern wendig wie immer
ins Weiße Haus zurück zur weiteren Arbeit
an seinen Kriegen in Vietnam und Kambodscha
an der Jagd auf Guerilleros in Lateinamerika
und an der Ausfindigmachung der besten Methoden
zur unauffälligen Vernichtung von Schwarzen Panthern

Später am selben Tag wurde hinter dem Weißen Haus
wieder Tränengas eingesetzt gegen die Demonstranten
und viele wurden verhaftet, doch ohne daß man
dies so genau erfuhr in Fernsehen Rundfunk und Presse
wie sein Gespräch am Morgen mit den Studenten

Und als in Augusta, Georgia, ein Negerjunge
im Gefängnis zu Tode geprügelt wurde
und die Neger unruhig wurden so daß die Truppen
sechs davon totschießen mußten und auch als in Jackson,
Mississippi, wieder zwei schwarze Studenten
erschossen wurden konnte man nirgends erfahren
ob er beim Anblick der Fotos dann wieder geweint hat.
Mit demonstrierenden Schwarzen sprach er bisher noch nicht

Lebenszeichen

Ein Hahn
vor der verbrannten
Hütte aus Bambus
tropft

Sein Hals
ist abgedreht

Er ist aufgehängt
an den Füßen

Beziehungen zu einer Großmacht

Mit den Mördern leben
ist ein verständlicher Wunsch
wenn man am Leben hängt
und wenn die Mörder stark sind

Und mit den Mördern leben
bedeutet eines Tages
an den Mördern sterben
wie man mit ihnen gelebt hat

Gegengift

Fast alles

Ich habe meine Lehrzeit
hinter mir
Ich lernte hören und sehen:
Fast alle Menschen taten
fast allen Menschen
fast alles
          Und fast alle Menschen
          denen fast alles angetan wurde
          sagten dann
          mit fast versagender Stimme:
          »Der Tag wird kommen
Der Tag an dem wir fast allen
fast alles antun werden
was sie uns angetan haben«
Ich hörte sie das selbst sagen
fast wörtlich
          Und solange das
          fast alles ist was sie wollen
          oder fast alles
          was sie wissen von dem was sie wollen
          wird dieser Tag
          von dem sie fast alle fast träumen
          immer wieder nur fast kommen
          nie ganz wirklich
Wirklich
das habe ich gelernt
und möchte fast sagen
so gelernt
daß mir Hören und Sehen verging
Ich habe jetzt meine Lehrzeit
fast hinter mir

Unterdrückte

Die Angst
und das Müdewerden
und die Angst vor dem Müdewerden
und das Ermatten der Angst vor dem Müdewerden
und die Angst vor dem Ermatten der Angst
und die Angst vor dem Mitleid mit anderen
und mit sich selbst
und die Angst vor dem Mitleid der anderen
und die Angst vor dem Vertrocknen des Mitleids
und die Angst nicht mehr als einer zu gelten
der die Angst bezwingt und kämpft in den ersten Reihen
und die Angst
nicht wirklich in den ersten Reihen zu kämpfen
und die Angst vor dem Kampf
und die Angst vor der Angst vor dem Kampf
und die Angst vor dem Unterbleiben des Kampfes
und die Angst davor
diese Angst nicht gut genug zu verstehen
und die Angst davor diese Angst zu gut zu verstehen
Aus allen diesen Ängsten
und ihren Ängsten
kann man die ersten Reihen bilden
im Kampf gegen uns

Ihr Ängste die uns bekämpft
lauft wieder über zu uns
und kämpft auf unserer Seite
Wir wollen uns zu euch bekennen
wir wollen euch nicht belügen
und wollen euch nicht unterschätzen
und nicht unterdrücken

Unsere Ängste stehen
für die Ängste der Menschheit
Wir kämpfen mit unserer Angst
gegen unsere Angst

Gutsein ist gut

Für eine gute Sache sein
ist eine gute Sache
Für eine gute Sache sein ist Gutsein
aber fragen ob die Sache auch wirklich gut ist
und für wen sie eigentlich gut ist
das ist nicht gut

Denn es könnte sich zeigen
daß die Sache gar nicht so gut ist
und wenn ich für keine gute Sache mehr sein kann
wie kann ich gutsein?

Drum darf ich einfach
zu keinem mehr gut sein der
mich anstiften will
meine gute Sache in Frage zu stellen

denn es ist gut für mich
endlich zu wissen
daß es gut ist zu wissen
daß jede Frage die
die gute Sache in Frage stellt
falsch gestellt ist

Anweisungen für das Schlachten von Freunden

»Doch du bist ein Meister und brauchst meine Lehren nicht«

Wenn möglich soll dir der den du schlachten willst
schon einige Tage zuvor widerlich werden
Jede seiner Bewegungen muß dir verhaßt sein
und jedes Wort ein Anlaß für deinen Ekel
Seit er zusieht wie du dein Messer schärfst
argumentiert er auch wirklich nervös und sprunghaft

Dabei mußtest du nur
ein zwei schlechte Eigenschaften
feststellen an dem Freund
(die sind immer zu finden)
Du kannst sie ihm sogar andeuten
aber taktvoll
so daß du es gesagt hast
er aber es nicht versteht

Du aber weißt dann du hast ihm nichts verschwiegen.
Wenn er es nicht begreift ist das seine Sache:
Wer nicht hören will der muß fühlen.
Du darfst gefühllos sein

Du führst Buch über alles was dich an ihm ärgert
und hast nach kurzer Zeit genug beisammen
Dein Freund ist noch ahnungslos
aber schon schlachtreif
und nun geht es schnell
was auch humaner sein kann

Was du dabei empfindest
ist mit sonst nichts zu vergleichen
Wer das einmal erlebt hat
hält immer sein Messer bereit
Du schaffst mit der Zeit
durch Schlachtung mehrerer Freunde
Freiraum um dich: Keiner kommt dir zu nah

Keine Prüfungsfrage

: für Alfons Scharf

was tust du wenn sie
dir ein gewehr gibt
(nämlich: die revolution)
es klingelt sie steht vor der tür . . .

YAAK KARSUNKE, prüfungsfrage

Laß dich nicht scharfmachen
Freund:
Die Prüfungsfrage war witzig
aber die Revolution
ist nicht wie auf alten Plakaten
Sie kommt nicht so einfach zur Tür
oder noch lange nicht (:leider)
sie bringt kein Gewehr mit
und benimmt sich vermutlich ganz anders

Mich erinnert das an die alte Frage
an Offiziersanwärter
unter Wilhelm II:

»Wenn Sie Seiner Majestät
dem Obersten Kriegsherrn
an der Front begegnen auf freiem Felde
wie er geschissen hat
und sich soeben den Arsch wischt
was ist dann
die korrekte Ehrenbezeigung
erstens für Sie
zweitens für Ihre Truppe?«

Es war nicht nötig
die richtige Antwort zu wissen
auf diese Frage
um ein Soldat zu sein

Es geht schon wieder los

Sie greifen meine Genossen an
und mich
mit einer Schärfe
die sie
von uns gelernt haben könnten

Und so etwas nennt sich noch Linke
Diese Schweine

Eigentlich eher Affen
Sie äffen uns richtig nach

Sie benehmen sich
fast wie wir
Der Unterschied ist nur der
daß wir im Recht sind
und sie natürlich im Unrecht

Diät

Bei Versorgungsstockungen
im fötalen Stadium
frißt die werdende Revolution
ihre Eltern
und Hebammen auf

natürlich mit Recht
denn ihr Wachstum hat Vorrang
nur ihre Geburt
wird dadurch
in Frage gestellt

Woran man die Macht der Dummheit erkennt

Daran daß selbst die Götter
vergebens
gegen sie kämpfen?
Aber wogegen
kämpfen sie
nicht vergebens?

Eher schon daran
daß sie von denen
die sie
schützt
als Gegenleistung verlangt
daß sie ihr dienen

Aber vielleicht
noch deutlicher
daran daß sie bei weitem
nicht alle
welche ihr dienen
dafür auch schützt

Nebeneffekt bei der Erziehung des Menschengeschlechts

Sie sehen
die Revolution
als ihre Lehrerin
und wollen auf sie
den besten Eindruck machen

Sehr verständlich
ebenso wie das Ergebnis:
Auch in der Schule
der Revolution
gibt es Musterschüler

Warnung vor Opportunismus

Sich von Gedanken
wie man
auf andere
wirken könnte
leiten zu lassen
wirkt peinlich
und ist
schon aus diesem Grund
zu vermeiden

Diadochendiktatur

proletarisch
prolemarisch
ptolemarisch
ptolemäisch
proletatisch
prolematisch
problemamatisch
problepapathisch
prolepathisch
ptolepathisch
ptolekratisch
proletatistisch
prolezaristisch
proletaristisch
progressistisch
progrestavistisch
progrestatistisch
progrestatisch
progratavistisch
pograutomatisch
propagressivisch
propagapathisch
prophetisch
profetischistisch
proletaschistisch
proletafetischistisch
proteisch
proletatarisch
proletotalitarisch
proletholisch
proletonklisch
proletantisch
proletantastisch
proletaktisch
protestaktisch
protektorastisch

Aus diesen kritisch
und geistreich gebrochenen
Wortspielen aller Länder
Proletarier
vereinigt euch!

Angst und Zweifel

Zweifle nicht
an dem
der dir sagt
er hat Angst

aber hab Angst
vor dem
der dir sagt
er kennt keinen Zweifel

Mit im Spiel

Winterliches Biwak

Und die lustigen Feuer
wohin sind sie alle gekommen?
Die Frager sitzen fröstelnd
zu zweit und zu dritt und
hell glänzt die Kälte

Ich schlage die Arme zusammen über der Brust
ich schlage die Brust zusammen über dem Herzen
ich schlage das Herz zusammen über der Angst
Schale um Schale um Schale
und innen
wer weiß?

Eine Zwiebel die mühsam überwintert
und die Kälte zerschneidet sie und muß weinen
Die Klugen kauen verbissen das scharfe Gericht
Und die lustigen Feuer
wohin sind sie alle gekommen?

Nostalgie

Kommt zurück ihr Falschspieler!
Ich ziehe den Hut vor euren
verwegenen Schlapphüten
Schirmmützen
struppigen Haaren
Kommt zurück
kommt her
aus euren verregneten oder
versandeten Gräbern
im wilder gewordenen Westen

Kommt zurück ihr Fallensteller der Fallensteller!
Einmal nur kommt noch
Bringt eure gezinkten Karten
das As aus dem Ärmel
die schräggestellte Roulette
eure hohlen Würfel
mit lebendigem Quecksilber drinnen –

Das Spiel geht um nichts
und um nichts hieß
als ich ein Kind war
»um die Ehre«
so wußte ich: »Ehre ist nichts«

Ihr Falschspieler habt
auf eure Ehre verzichtet
um auf nichts verzichten zu müssen
Da habt ihr richtig gespielt –
bis zum blutigen *happy end* eurer Filme

Einmal noch gönnt mir das alles
ihr Vorläufer!
Wie ich mich sehne
nach der Einfalt eurer Kniffe und kleinen Gewinne
nach der bekämpfbaren Täuschung von Mann zu Mann!

Windige Urgroßväter ohne Klimaanlage
ihr würdet staunen an welche Tische gebunden
wir heute zum Falschspiel gezwungen werden
und welche
schwerbewaffneten Spieler gegen uns spielen
nach Regeln die sie ändern
von Karte zu Karte

Und an der Wand steht:
»Nur wer sich wehrt ist ein Mann«
damit sie uns
rechtmäßig abknallen können

Auf und ab

Wer
vom Ableben
spricht
der soll auch
vom Aufsterben
sprechen

Zum Beispiel:
»Der Präsident
der Vereinigten Staaten
hat in Kambodscha Maßnahmen angeordnet
um die Bevölkerung
zum Aufsterben anzuhalten«

Die neue Form
wirkt behutsamer
und humaner
als abgebrauchte Worte
wie Leben
und Sterben

Die Armen in allen Reichen

Reich mir den Arm
Ich weiß:
Erreichen
ist Verarmen
Die Armen
in allen Reichen
werden vom Gold nicht satt

Was kann man erreichen
in Frieden und Wohlgefallen?
Da schreibt Helmut Heissenbüttel
»daß mit dem
was erreicht werden kann
weniger erreicht wird
als wenn gar nichts erreicht wird«
Das sollte uns Armen reichen
oder noch immer nicht?

»Denn dein
ist das Reich«
hätte man sagen können
zu Goebbels
(bei dem es Papier war
eine Zeitung)
oder zu Hitler
Aber die Armut
ließen sie dann dem Volk

Und was war gemeint
mit »Reichen«?
die Länder
oder die Menschen?
Die Armen
in allen Reichen
werden vom Gold nicht satt

Das Einfache

Die Wege der Revolution sind schwer und mühsam
aber der Weg der Konterrevolution ist einfach
wie der Weg einer Kugel in einen Kopf

Die Wege der alten Ausbeuter zur Sabotage
die Wege der Reichen zur Verschiebung ihrer Devisen
die Wege der Armee der Luftwaffe und der Flotte
zum Militärputsch
und die Wege der großen Konzerne jenseits der Grenze
zur Durchführung ihrer Verschwörung
waren einfach gemacht durch die Großmacht im Norden
durch die die dort immer noch groß sind
und an der Macht sind

Die Wege zur Macht der Arbeiter liegen im Dunkeln
das gehütet wird von hellhörigen Dunkelmännern
aber der Weg zur Militärdiktatur liegt im grellen
Scheinwerferlicht und im Feuer der neuesten Waffen
die die Vereinigten Staaten lieferten an die Armee

Die Wege zum Sozialismus sind umstritten
Die Streitenden nannten einander Abenteurer
und Revisionisten und Links- oder Rechtsabweichler
und der Streit ging um parlamentarische Demokratie und
Bewaffnung des Volkes um Besetzungen Wahlen und Räte
aber der Weg der Militärdiktatur ist einfach
und nennt sich Wiederherstellung
der bedrohten Ruhe und Ordnung
und ist Faschismus

Der Verrat ist einfach
der Meineid ist einfach und gut bezahlt
der Belagerungszustand ist einfach wie das Standrecht
Aber einfach ist auch
zu sehen wer da bezahlt und bezahlt wird
und wofür
und wer das bezahlen soll

Vielleicht Allende

Ich bin der Niederlagen müde
und müder noch
der Freunde die kommen nach jeder Niederlage
und beweisen:
»Eigentlich war sie ein Sieg«

Dabei reden sie so
um nicht selber der Niederlagen
so müde zu werden daß sie ihnen erliegen
Doch solche Reden
führen zu solchen Siegen

Ich weiß: Noch immer hing der Sieg des Neuen
am Ende einer Kette von Niederlagen
(von denen dies eine ist)
als letztes Glied
Das könnte ein Trost sein
aber die Glieder bluten

Wenn ich tot bin können sie sagen:
»Er hat sich selbst getötet«
fast wie man sagen könnte
wenn ich das wirklich täte:
»Die ihn getötet haben
das waren sie«

Aber wenn ich auch müde bin des Erlebenmüssens
ihrer Verbrechen
und des Zeitungsgeschwätzes
diese Niederlage beweise die Vergeblichkeit unserer Sache
und müde meines Zualtseins
um selbst noch die Kräfte
zu sammeln zum neuen Kampf
ich bin nicht müde des Kampfes
gegen die die eines Tags sterben
an meinem Tod

Scheuklappen – bundesdeutsches Erzeugnis

Das Furchtbare an Genossen
die Scheuklappen tragen
ist nicht Denkfaulheit
oder Rechthaberei
und schon gar nicht
Zaghaftigkeit oder Schwäche
sondern das Furchtbare
sind die Scheuklappen selbst

Solidarisch mit diesen Genossen
auch selbst Scheuklappen zu tragen
oder zu schweigen
das wäre wie mit einem Freund
der schlecht behandelt wurde
und nun im Delirium tobt
mit aus dem Fenster zu springen
oder ihn nicht zu halten

Das würden auf die Dauer nur die gut finden
die den Genossen ihre Scheuklappen anlegen halfen
und das waren nicht nur ihre Kerkermeister
sondern schon die
die vor Jahren ihnen und uns
alle Auswege zu versperren versuchten
bis auf den Weg
zum bewaffneten Untergang

Der Menschenacker

Das Bürgertum
hat den Feudalismus begraben
die Proletarier sollen
den Kapitalismus begraben
die Bürokraten begraben den Sozialismus
Die SPD begräbt die Revolution
die CDU hilft ihr
den Marxismus begraben

Die DKP begräbt
die Antiautoritären
dabei helfen ihr KPD/AO und ML
die ihrerseits dann
die Revisionisten begraben
in einem Massengrab
vor allem die DKP
die aber bis ganz zuletzt
noch im Grab unten Gräber aushebt
für Trotzkisten und Anarchisten und für die RAF

Die Bundesanwaltschaft
will linke Anwälte begraben
Der Innenminister gräbt
Terroristengräber auf Vorrat
Die Polizei begräbt
die in Notwehr zur Strecke Gebrachten
Die Behörden
begraben die Legalität
die kämpferische Demokratie
begräbt die Verfassung
der Verfassungsschutz begräbt die Demokratie
Wer nicht begräbt
der kann sich begraben lassen

Laß die Lebenden ihre Lebenden lebend begraben:
Wer andern eine Grube gräbt
dem fällt was ein

Weithergeholtes Märchen

1

Denk dir ein Land
– je weiter weg desto besser –
und denk dir in diesem Land
einen armen Teufel
der einmal geglaubt hat
es braucht nur ein paar tolle Kerle
um den Kampf zu beginnen
den Kampf mit der blanken Waffe
für eine bessere Welt
oder den Tod.

Den Tod hat er mehrmals gesehen
vielleicht auch selber gebracht
und hat bemerkt
daß es nicht so leicht mit dem Kampf ist.
Seine blanke Waffe
ist längst nicht mehr blank, und es graut ihm
vor ihr und dem Tod
der Freunde und auch der andern.

Und denk dir: Dann wird sein Versteck
in dem er sitzt
um nicht anderswo sitzen zu müssen
ausgekundschaftet
Und dann geschieht fast ein Wunder:
Man kommt ihn nicht holen
es kommt nur einer der sagt:
»Wir wissen jetzt wo du bist

Aber wir wissen auch
du denkst jetzt nicht mehr wie damals
und wir wollen von dir
nichts was nicht eigentlich
haargenau paßt zu deiner neuen Erkenntnis.
Aber es wäre vielleicht keine schlechte Idee
wenn du jetzt tätige Reue üben wolltest
zum Beispiel alles gestehen – auf freiem Fuße natürlich

und auch nicht *uns* – nein vielleicht einer großen Zeitung.
Nebenbei könntest du dann auch mithelfen *eine*
etwas heikle Geschichte – sagen wir – aufzuklären ...
Mit so einem Schritt hilfst du zugleich auch Freunden
aus deinen Fehlern zu lernen. Das wolltest du ohnehin?«

Denk dir den armen Teufel in seinem entdeckten Versteck.
Dem muß man noch nicht einmal sagen, wenn er mitspielt
wird er gar nicht mehr festgenommen, oder wenn ja so
wird ihm nach einem solchen Geständnis nicht viel geschehen.
Die Waffe war er schon leid bevor sie ihn fanden ...

Male dir selber aus was er nun tut.

2

Das war nur eine von vielen Möglichkeiten.
Feststeht, der arme Teufel lügt mindestens *einmal*
denn er erklärt gleich nach dem Tod seines Freundes
der Erschossene selbst habe *nicht* geschossen
Und zwei Jahre später sagt er: »Klar, *er* schoß zuerst!«

Es gibt zwar eine veraltete Regel der Unterdrückten:
»Geschossen hat immer der, der tot ist, weil ihm
das nicht mehr viel schaden kann«. Aber leider kann es
denen die noch am Leben sind ziemlich viel schaden
wenn einer der sich selbst widerspricht und auch nicht
erklärt hat wo die Waffe des Freundes geblieben ist
als der eine Viertelsekunde später erschossen wurde
dennoch weißgewaschene Westen austeilt
an Behörden und Todesschützen und diese so
noch anfeuert zu ihrer ohnehin feurigen Praxis.

Außerdem wird auf solche Weise der arme Teufel
die zu denen er sagt »Schmeißt die Knarre weg!«
(Das meint er ehrlich) nicht mehr leicht überzeugen
Und das wäre wichtiger als so eine Art Geständnis.

Dieses moderne Märchen ist von Michael Baumanns Erzählungen über sein Leben und über den Tod Georgs von Rauch im Spiegel Nr. 7/1974 angeregt und deshalb ihm gewidmet. E. F.

Drei Aussagen über die Verteidigung einer Lebensaufgabe

1

Ob er ein guter Marxist ist
das wird bezweifelt
aber nötig wären vielleicht
mehr zweifelhafte Marxisten

um wieder lebendig zu machen
den Zweifel an allem
die Sehnsucht nach unserer Zukunft
die Sache der Revolution

um sie vor ihren Beamten
und Rechenmeistern zu schützen
und vor den Festreden
ihrer Reichsverweser

Seine alten Irrtümer
die man ihm nachträgt
hat keiner deutlicher kenntlich gemacht
als er selbst

um andere zu bewahren
vor seinen Fehlern
um die unfertigen Fragen zu retten
vor den fertigen Antworten

2

Ja, er verteidigt
die unfertigen Fragen
gegen die fertigen Antworten
Das genügt ihm

Und in der Verteidigung
der unfertigen Fragen
hat er schon soviel Übung
und Fertigkeit

daß er Antworten
die er bedenklich findet
immer öfter
als *fertige* Antworten abtut

und daß er auch jede Frage
die ihm fragwürdig scheint
als nicht mehr unfertig genug
oder als bloßen Vorwand

für eine fertige Antwort
abzufertigen sucht –
auch die Frage
wem er damit noch nützt

3

Die ihn
am härtesten

verurteilen
das sind die

die daran schuld sind
daß er so geworden ist

Die verlorene Heimkehr

Was ich haßte
das haßte ich so
wie als Kind meinen Vater
wenn er ungerecht war

ich verfluchte ihn
aber ich wußte
wenn ich ihn nicht besiege
wird er mich strafen

aber wenn ich dann wiederkomme
werde ich nach wie vor
im umstrittenen Haus
der jüngere Sohn sein

Jetzt lerne ich langsam
es gibt anderes Hassenswertes
das zwar auch tut als wäre es nur
ein strenger Vater

der selbst den Empörer noch liebt
Aber wenn ich es nicht besiege
werde ich nicht
der gefundene Sohn im Haus sein

sondern die Asche die weht
zurück auf den Sandweg
vom Umweltfreundlichkeitsschlot
zum Vollzugs- und Ausschaltungsbau

Nach einer alten Anekdote

»Wie hast du
allein
sechzig gefangengenommen?«

Da lachte er:
»Ganz einfach
Ich hab sie umzingelt«

So will auch ich
die sechzig
Lügen umzingeln

und die sechshundertsechsundsechzig
Gemeinheiten
die uns beherrschen

Wie
das weiß ich noch nicht
aber es wird am Ende

ganz einfach sein
weil es sonst gar nicht geht
und ich werde dann lachen

Es sei denn

Man hat angenommen
der Größenwahn
sei ein Wahn der Kleinen
Die Größeren
glaubten sich sicher vor ihm

Wenn wir von dieser Annahme nichts wissen
können wir uns den Zustand der Welt nicht erklären
außer indem wir aus ihm den Rückschluß ziehen
eine solche Annahme müsse
verbreitet gewesen sein

Sorgen eines Erzeugers

Wenn die Verzweiflung noch klein wäre
könnte ich sie
wie ein Baby liebkosen
und über sie lachen

Und wenn die Verzweiflung ein wenig größer wäre
könnte ich sagen: »Ja schön
aber du mußt noch viel lernen
um etwas zu werden«

Und wenn die Verzweiflung
mir schon über den Kopf wachsen würde
könnte sie für sich selbst sorgen
und brauchte wenigstens *mich* nicht

Doch sie sitzt zwischen allen Stühlen
Sie läßt mich nicht und nicht los
und ist schon zu groß um
sich mit Worten abspeisen zu lassen

Das finde ich zum Verzweifeln
könnte ich sagen
wenn ich noch Humor genug hätte
für diesen Witz

Fragen im Nachhinein

Als Ethel und Julius Rosenberg in Amerika starben
hatte ich eine Bittschrift gegen ihren Tod unterschrieben
aber hatte nicht mitgeholfen gegen das Urteil zu kämpfen
weil mir der Kommunismus
durch den Stalinismus verleidet war

War mir der amerikanische Imperialismus damals
noch nicht genug verleidet um ihn zu bekämpfen?
Und glaubte ich daß die Verbrechen des Stalinismus
es unwichtig machten
was aus Ethel und Julius Rosenberg wurde?

Konnten Ethel und Julius Rosenberg
mehr für den Stalinismus
weil sie nichts gegen den Stalinismus taten
als ich für den Tod von Ethel und Julius Rosenberg konnte
weil ich nichts gegen ihre Hinrichtung tat?

Meine Muse hat Kanten

Give the Word

»Passiert«, sagst du,
»passiert«,
»passiert«.
PAUL CELAN

Was heißt das?
Alle tun vor deinen Versen
als wüßten sie es längst
und wissen es doch nicht
oder nur halb
und wollen nicht mehr wissen
und wollen nicht mehr mehr wissen – als was?
Was heißt:
»Passiert«, sagst du,
»passiert«,
»passiert«?

Ich horche fragend
aber wen hab ich gefragt?
Meine Großmutter?
Die kam als Mädchen aus deiner Gegend
und ist schon lange Rauch und Lagerasche
doch als sie sprach sagte sie oft »passiert«

Das hieß: »zerkleinert daß es durch ein Sieb geht«
Passiert – das hieß: »Es geht, es stößt mir zu«
Doch was mir auch passiert (hat sie gesagt)
passiert zugleich
Das heißt: »Es geht vorbei«

Was zustößt geht vorbei
doch es zerkleinert
zu Staub der durch das Netz des Feindes geht
Sag, Staub:
Hab ich verstanden?
hab ich bestanden?
»Passiert«, sagst du,
»passiert«,
»passiert«.

Fragen eines engagierten Dichters

Wie lange werdet ihr brauchen
um über das
was ich sage
nicht mehr empört zu sein?

Und werde ich dann noch da sein
um es zu sagen?
Und wird es dann noch helfen
wenn man es sagt?

Wird es dann nicht zu unverständlich sein
oder zu selbstverständlich?
Und werde ich dann nicht krächzen:
»Ich hab es schon immer gesagt«?

Der große Außenseiter

Ich habe ihre falschen Bilder verspottet
und sie suchten Schutz
in ihren Taschenbüchern und Anthologien
Ich habe den Schwindel
ihrer Metaphern entlarvt
und die Leser gewarnt vor ihren
Bestsellern und Luxusausgaben

Obwohl sie alle wußten
wie recht ich hatte
fingen sie an
mich einfach zu übergehen
Sie haben mir keine Komplimente mehr gemacht
und keinen Preis mehr verliehen –
Da war ich natürlich wütend

Fußnote zu einer Fußnote

Auf einem Blatt mit getippten Notizen
über Dichtung heute
und ihren Wert
als Werkzeug der Revolution
als Therapie und
entfremdete Form
des Kampfes gegen Entfremdung

zwei lange waagrechte Striche
dazwischen vier Zeilen
die vierte ein einziges Wort
und daneben am Rand mit Bleistift
zwei Worte in Klammern
mit einem Ausrufungszeichen

Ein igelförmiges Nest
von Stecknadeln
an einem weißen
Türstock
Und neben *Türstock*
in Klammern *(Wirkliches Bild!)*

Was das bedeutet
und warum ich es hier
aufgeschrieben habe
das weiß ich nicht mehr
aber wichtiger als mein Schreiben über das Schreiben
sind mir noch immer
die Nadeln am weißen Türstock

Englischer Gruß

Das Hauptwort *Gas*
heißt deutsch
und englisch
das gleiche

aber das Zeitwort *to gas*
heißt
schwatzen
oder *vergasen*

Wenn Schwätzer reden
merke ich
wie ihren Sprechblasen
schon beim Aufsteigen
langsam
das Gas entweicht

Ich möchte sie warnen
daß sie den Raum
den sie füllen
zur Gaskammer machen

aber mich übertönt
das Glucksen
und Platzen
der Blasen

Kosmische Lyriker

Merkwürdig
All diese Dichter
waren anfänglich offenbar Berge
oder wenigstens ferne Sterne
und Reiter in der Prairie

Sie schildern das spannend
in Versen
als Teil ihrer Lebensbeschreibung
Schade nur
daß ich sie damals nicht kannte

So einen Berg
nur einmal pinkeln zu sehen
gelber Niagara aus schwindelnder Höhe
wäre erhebend gewesen
und niederschmetternd

Oder gar zwei Kollegen
wie sie als Sterne und Sonnen
zusammenprallen im Raum
Prosit
da fliegen die Funken

Und wie rasch sie jetzt umgelernt haben
auf kleine Spießer
noch dazu so bescheiden reaktionäre
Nach so großem Anfang
erfordert das viel Talent

Spottgeburt

Der Traum vom ägyptischen Tempel
und die Besingung
des eigenen Liebesaktes

und der Vergleich meines Herzens
mit dem Dotter der Sonne
und mit dem hymnischen Meer

und die Mutmaßungen
ob der Tod ein Gerippe sein wird
oder eine schöne verschleierte Frau

und die Fragen an eine Blume
»Was empfindest du
wenn ich dich pflücke?«

das alles
wird ausgespart
Meine Muse hat Kanten

Und manche spotten darüber
wie als mein Vater jung war
Rekruten verspottet wurden in der Kaserne:

»Da hat die Hebamme wieder
das Kind weggeschmissen und
die Nachgeburt großgezogen«

Widerspiel des Widerspiels

Meine glücklichen Füße wollen von dem
was in meinem Herzen und in meinem Kopfe vor sich geht
nichts wissen
interesselos an den Interessen der Interessierten

Wer gibt mir diesen Tag zurück
zu den vielen andern?
Fragen die am Fenster herunterlaufen
wie geweinte Tränen
denen nichts Bleibendes blieb

Schüttle dein Geld
daß es sich mehre!
Die alten Käfer sind auf ihre Rücken gefallen
Mehr weiß niemand, die Disteln gehn rückwärts
Und dahinter dein Gesicht, ans Glas einer Scheibe gepreßt

Noch immer schlagen die Peitschen
über alles über alles in der Welt
Ihre Fracht ist die Zeit
Nun halten sie über mir an

Wie Nüsse möchte ich sie zerknacken können

Dieses Gedicht besteht aus Zeilen verschiedener Gedichte, entnommen der Anthologie WIDERSPIEL, *Deutsche Lyrik seit 1945* von Hans Bender, Darmstadt 1961. Die Zeilen gehören zu folgenden Gedichten: 1, 2, 3 und 19: Hans Arp, Meine glücklichen Füße. 4: Helmut Heissenbüttel, Topographien. 5, 6: Walter Gross, Kaleo. 7, 8: Wilhelm Klemm: Wenn alle Oleanderbüsche eingehen ... 9: Christine Busta, Phasen. 10, 11: Georg Britting: Orakel. 12: Günter Seuren: Lokales. 13: Franz Mon, Oktober. 14: Karl Krolow, Die letzte Nacht. 15, 16: Günter Bruno Fuchs: Seltsamer Funkspruch. 17, 18: Heinz Piontek, Wolken.
Auch die Gedichte auf S. 141 und 142 knüpfen an einige Gedichte dieser Anthologie an.

Üble Nachrufe*

Auf euer Gewäsch hin
über den Feuertod
Ingeborg Bachmanns
deren Bedeutung nicht
in jenen Flammen lag
an denen ihr schmatzend und züngelnd
eure Dichtersüppchen
zum Brodeln zu bringen versucht

möchte ich am liebsten
die Nachricht verbreiten:
»Es war eine Falschmeldung
daß die Dichterin Ingeborg Bachmann
an Verbrennungen starb
In Wirklichkeit ist sie ertrunken«

Dann säßet ihr alle da
und könntet einander
mit euren Flammenzungen
die Ärsche lecken

Konstruktive Selbstkritik

Meine Schwäche
war
mein Gefühl
der Überlegenheit

Das habe ich
überwunden
Jetzt bin ich
vollkommen

* Nach dem Tod Ingeborg Bachmanns erschienen zahlreiche Nachrufe in Versen und in Prosa, die sich in Andeutungen über die heimliche Bedeutung des tödlichen Unfalls und über Einzelheiten aus Ingeborg Bachmanns Privatleben gefielen.

Ein ›Arbeiterschriftsteller‹ zitiert Brecht

Die Kräfte waren gering. Die *Zielgruppe*
Lag in großer Ferne
Sie war deutlich sichtbar, wenn auch für mich
Kaum zu erreichen.
So verging meine Zeit
Die auf Erden mir gegeben war.

Nichterfüllung des Kunstsolls

Was soll das
wenn etwas
nichts soll
als einfach
nichts sollen?

Vom armen Nachschwein

Vom armen Nachschwein

»Seht, dieses ist das Tier, das es nicht gibt« – RILKE

Was zum Vorschwein kommt
steht schon bei Freud
Was aber
kommt zum Nachschwein?

Und kriegt das Nachschwein auch noch
genug zu fressen
unter den Eichen wo sich
schon das Vorschwein gemästet hat?

Auch dem Nachschwein liegt seine
Schweinerei voll Inbrunst am Herzen
doch weil das Vorschwein sich vordrängt
bleibt dem Nachschwein immer das Nachsehen

Nur im Schlachthaus hat es den Vortritt
weil man das Vorschwein
zur Zucht von Nachwuchs vorzieht –
Wer trauert dem Nachschwein nach?

Das Wort Vorschwein wurde von Sigmund Freud als Beispiel für eine Fehlleistung gebraucht: Was zum Vorschwein – statt Vorschein – kam, waren eben Schweinereien.

Augenschein

Au   Augen   Saugen
Augensauger   Glasauge   Glasaugensauger
Gasaugensarger   Grasauensauger   Glasaugensauer

»Kellner! Ein kleines Glas Augensauer
bitte«
»Und für die junge Dame?«
»Ein großes Glas Augensüß –
beide mit Sauger«

Sie hat süße Augen
die Kleine
(mit dem Mutteraug
eingesogen)
Auch ich hätte sie am liebsten
doch gleich *erkannt!*

Der Augensauger
ist ein Unhold
aber der Glasaugensauger
ist nur eine Vorrichtung
zur Glasaugenpflege
vielleicht allerdings auch
ein Augensauger aus Glas

Die Augensau aber
oder der Augenversauer
oder der Auenversauer
(also dasselbe im Grünen)
sind Nebenprodukte dieser Insaugefassung
oder ins Augenglasfassung
der Sau(g)erei

Ohrungen

Ohr Ohrrohr Rohohr
Was bringt mir die Rohrpost zu Ohren?
Was gehört sich?
Was kommt mir an Ohren zu?

Zwei Stück Ohren
zuhause als ich ein Kind war
Ohrwascheln genannt
Das hörte sich nach Verhör an:

»Hast du dir wieder nicht die Ohren gewaschen?«

oder nach Ohrfeigen
die auch Watschen hießen
und das Nichtwaschen
mit den Ohrwascheln hörbar verbanden

Nun aber
nicht mehr hörig dem rohen Waschzwang der Kindheit
führe ich watschelnd
meine Ohren spazieren
als hörende Punkte
als vierblättrigen Paul Klee

Also ein Ohrenwatschler:
Die Ohrläppchen werden
gehörig verlängert
zu Fußlappen
und ich gehe stehenden Kopfes
und zertrete dabei
unerhört läppisch den Ohrwurm

(Man soll nicht kriechen: Kriechen gehört sich nicht)

Wiedergewonnene Aussicht

Bäume des Müdewerdens
wieder
nach all den Jahren
gegen den Nachthimmel sichtbar
hinter den Mauern der Hoffnung
die niedergerissen werden
weil ein Hochhaus
gebaut werden soll

Ihre Stämme
wachsen noch immer
hinauf
zum gottlosen Himmel
Ihr Blätterrauschen
kommt durch das offene Fenster
beruhigend
als wäre der Tod ein Schlaf

Aber kein Mond mehr

Nocturno mit Drachen

für Wolfdietrich Schnurre

Auch ich werde wach
auch für mich
macht die Straße
vor dem Haus eine Nebelschleife
herauf bis ins zweite Stockwerk

Wenn der Mond seine Hörner aufsetzt
und brüllt vor dem Fenster
hole auch ich
mein Pferd aus dem Schrank
das rote

und reite reite
bis an die äußerste Grenze
wo der Grenzwächter knallt
mit der Peitsche
einmal und zweimal

daß je nachdem
der Drache
der Dienst tut als Schlagbaum
seinen gepanzerten Schwanz
hebt oder senkt

Auch ich werde dort
vor dem knarrenden Schwanz
überprüft
und zurückgewiesen
wegen unerwünschter Gesinnung

Die Kümmerlichen

Kümmerlich
das ist einer
um den sich keiner kümmert

Das Wort kommt
von Kummer
demnach ist kümmerlich

der dessen Kummer
keinem sonst
Kummer macht

außer anderen Kümmerlichen
um die sich
auch keiner kümmert

Der Weg der Läuterung

Der Binsenweise
sah sich gezwungen sich endlich
die Verflechtung seiner Weisheit
mit Binsen einzugestehen

Binsen und Weisheit
schienen ihm unvereinbar
also wählte er
den harten Weg der Entflechtung

Hat ihn sein neuer Weg
zu guter Letzt
zur reinen Weisheit geführt?
Nein: er ging in die Binsen

Englische Kunstgeschichte

Es ist unwahr
daß der Geschmack des Zeitalters
der Königin Victoria
jämmerlich war

Wahr ist vielmehr
daß das Denkmal des Prinzgemahls Albert
in Kensington Gardens
das als Beweis dafür gilt

erst vor wenigen Jahren
von einem Ausländer namens
Pablo Picasso
welcher den Park besuchte

eines Nachmittags
in einem Anfall von
subversiver Geistesabwesenheit
errichtet wurde

Wahre Geschichte mit Moral

Am 15. Januar 1940 in Schweden
schlug Bertolt Brecht einem linken Schauspieler vor
Anweisungen und Verbote
zu entmoralisieren:

»Im Interesse des Klassenkampfs
sind Soll-und-darf-Sätze
die ein ›du Schwein‹ enthalten
zu verwandeln

in Sätze die ein ›du Ochs‹ enthalten« –
also
von Nutzen und Schaden ausgehen
und nicht von saurer Moral

Dreiunddreißig Jahre
sind seither vergangen
und heute verwandeln Genossen
in Diskussionen

mit Genossen und anderen
das »du Ochs«
wieder streng in
»du Schwein«

Wie das dem Klassenkampf nützen soll
fragt kein Schwein mehr

Freier Wettbewerb

»Der Kluge
kann nie so klug
über die Klugheit reden
wie der Dumme dumm
über die Dummheit«

Dummerweise
kann ich nicht klug daraus werden
wer von den beiden
sein Fachgebiet
besser beherrscht

Zweifel an der Sprache

Zweifel an der Sprache

»Die Sprache verriet mich dem Schlächter«
BRECHT, An die Nachgeborenen
»But I've gotta use words when I talk to you«
T. S. ELIOT, Sweeney Agonistes

I

Zweifel
an der Sprache
aussprechen
heißt
ausgesprochenen Zweifel
an der Sprache
zur Sprache bringen

Das heißt im Zweifelsfall
den fälligen
oder sogar
überfälligen Zweifel
zur Sprache bringen
die er *zweifelhaft* findet
weil er sie zweifelhaft *findet*
und die er selbst noch tiefer in Zweifel *zieht*

Also ein überfälliger Überfall
des Zweifels auf die Sprache
aber zugleich seine Abwehr
denn die Sprache des Zweifels ist *Sprache*
also beredter
und redlicher Widerspruch
gegen den Überfall:

Zweifel an der Sprache war Titel und Thema einer Zusammenkunft von Dichtern und Schriftstellern in Graz, 1973. Besonders waren auch Anhänger der »konkreten dichtung« eingeladen, darunter ursprünglich von mir zu Sprachexperimenten angeregte. Jeder sollte einen 20 Minuten langen Diskussionsbeitrag bringen. Ich schrieb stattdessen einen Gedichtzyklus, als solidarische Kritik und Erörterung größerer Möglichkeiten. E. F.

Seinem Einfall begegnet der Ausfall
der vom Zweifel befallenen Sprache
weil der Zweifel jedes Wort *abbaut*
aus dem sich der Überfall *aufbaut*

2

Den Zweifel
zur zweifelhaften Sprache bringen
ist zweifelhaft
(Zweifler kann man verhaften
– zweifellos –
wenn ihr Zweifel zersetzend ist
Und *was* zersetzend ist entscheidet stets der Verhafter)
Doch *dieser* Zweifel ist der Sprache verhaftet
und wenn man sagt »Weitergehen!«
so geht nichts weiter
und wenn man ihn weiterbringt
so bringt das die Sprache nicht weiter

Also Zweifel an der Möglichkeit
Zweifel an der Sprache
zur Sprache zu bringen auf die er
angewiesen ist
um sie ausdrücklich abzuweisen
Also Anstoß der Sprache an ihrem Zweifel
Und Abgestoßenwerden des Zweifels von seiner Sprache

Den Zweifel zur Sprache bringen
heißt die Sprache zum Zweifel bringen
Zum Zweifel woran?
Wirklich nur an der Sprache?
Dann beißt sich der Zweifel
an der zweifelhaften Sprache
in den verzweifelt eingezogenen Schwanz

3

Im Zweifelsfall
das Problem am Schwanz angepackt

Aber zweifellos hängt auch am Schwanz
ein ganzer Schwanz von Gedanken
Also den Zweifel
anpacken wo man will
Und wenn man *nicht* will
der Zweifel packt einen dennoch
Zweifel an der Sprache
führt zur Sprache des Zweifels
Die sie sprechen
kommen zur Sprachlosigkeit

Sprachlosigkeit
ist aber zweifellos
zweifelsfreier als zweifelhafte Sprache
um das was bleibt
nach dem Einfall und Eindruck des Zweifels
zum Ausdruck zu bringen:
die Ausdruckslosigkeit
das Ende jedes Eindrucks
und jedes Einfalls

Leerlauf verhindert
daß der Motor nach irgendeiner
falschen Richtung fährt:
Die Zahnräder fressen sich selbst
Der Tod befreit von Druck
und von jeder falschen Beziehung
Wer tot ist macht keine Fehler
und sagt nichts Zweifelhaftes
– zweifellos –
aber er spricht keine Sprache

4

Darum auch Zweifel
am Zweifel an der Sprache:
Was ist das für ein Sprecher?
Was ist seine Sprache?
Was ist sein Zweifel?

Was ist mein Zweifel an ihm?
Wem nützt er? wem schadet er?
Von wann bis wann tritt er auf?
Wer fördert und wer behindert diesen Auftritt?
Was *gibt* mir und was *nimmt* mir mein Zweifel an ihm?

Es gibt Zweifler an denen ich zweifeln muß
und es gibt Zweifler
an denen ich *nicht* zweifeln muß
Es gibt Arten der Sprache
an denen man zweifeln muß
und Arten der Sprache
die *unterhalb* jedes
ernsthaften Zweifels stehen:

Die Sprache der Selbstgerechtigkeit
und die Sprache
des Ausschaltens aller Zweifel
und die Sprache des Weiterredens
als wäre gar nichts geschehen
und die Sprache
der Zufriedenheit mit der Sprache und ihren Gedanken
stehen außer Zweifel tief unter jedem Zweifel
»Sie *unterstehen* dem Zweifel«
wäre zuwenig gesagt

5

Aber *wer* zweifelt
an einem Hilferuf
an einem Schrei
an Worten wie »DU« und »DU FEHLST MIR«?

Wer zweifelt an einer Sprache
die sagen kann
»Ich habe Hunger«
oder »Ich habe Angst
vor dem Altwerden«
oder »Ich will noch nicht sterben«?

Oder *wer* zweifelt an den Worten
»Militärputsch in Chile«
und an den Worten »Verhaftete werden gefoltert«
und an den Worten »Erschossene werden verladen
auf Hubschrauber und in den Stillen Ozean geworfen«?

Und *wer* zweifelt *nicht* an den Worten:
»Die Konsolidierung
und Wiedergeburt der Nation«
oder »Die Tapferkeit
unserer Exekutive
in ihrem Heldenkampf
gegen diese
verbrecherischen Elemente«
oder »Die Reinigung
des Landes mit eisernem Besen«?

6

Aber wer zweifelt
an der Sprache *derselben* Sprecher
wenn sie erklären:
»Die Hinrichtungen gehen weiter
Die Bücherverbrennungen
werden fortgesetzt werden.
Von Norden bis Puntas Arenas
wird das ganze Land durchgekämmt«?

Und wer glaubt nicht daß einer es wirklich meint
der sagt:
»Ich will mich rächen.
Ich werde es euch schon zeigen«?

Zwei Losungen waren
in ein und derselben Sprache
Und eine war furchtbar fraglich
und eine war furchtbar glaubhaft.
»DEUTSCHLAND ERWACHE« die eine
Die andere »JUDA VERRECKE«

»Deutschland erwache«? Was heißt das?
Wie wacht ein Land auf?
zu welchem Tun, welcher Zukunft?
für wie lange? vor welchem Schlaf?
Aber »Juda verrecke« das konnte Wirklichkeit werden
Das war zu spüren: dafür ließ sich etwas tun

7

Darum leider weniger Zweifel
am *Gewicht* dieser Worte
»Juda verrecke«
als am *Gewicht* der Worte
»Deutschland erwache«
gesprochen im gleichen Atem

Oder in Israel Worte
von Söhnen der alten Verfolgten:
»Diesmal sind wir die Herren und wir entscheiden.
Und Palästinenser hat es überhaupt niemals gegeben.
Und mit *uns* hat ja *auch* keiner Mitleid gehabt«
Nicht nur verständige Worte sind leicht zu verstehen
nicht nur gewichtige Gedanken haben Gewicht

Oder andere Worte aus der Sprache der alten Jahre:
Wieviel weniger zweifelhaft
die Verwünschung: *»Nieder mit Franco!«*
als die Wunschlosung: »No pasaran!
Sie kommen nicht durch!«?

Darum Zweifel an denen die sagen:
»Die Sprache kann alles.
Man muß nur die Vollkommenheit der Sprache erstreben.«
Darum Zweifel an der Vollkommenheit ihres Sinnes
und an denen die sagen sie muß im Unsinn ersterben

Darum Zweifel an denen
die in sorgsam gepflegter Sprache
die gepflegte Sprache sorgsam heruntermachen

und die ungepflegte Sprache pflegen und sagen:
»Die Sprache kann einen Dreck!
Die Sprache kann gar nichts.«

8

Wenn sie das vorsorglich anfangen
dann kann *ihre* Sprache
einiges indem sie sagt sie kann gar nichts:
Sie kann ihnen einen Namen machen und kann
ihnen Geld und Preise einbringen und auf dem Weg
über Verbindungen und Titularprofessuren
Einladungen und Gastprofessuren im Ausland

*Da*mit sind sie im Zweifelsfall selbst widerlegt
weil sie sagten: »Die Sprache kann einen Dreck!
Die Sprache kann gar nichts.«
Außer wir nehmen an daß ihre Namen ein Dreck sind
und daß ihr Geld und ihre Preise ein Dreck sind
und ihre Titularprofessuren ein Dreck sind
und ihre Gastprofessuren im Ausland ein Dreck sind

Nur heillos Weltfremde trauen der Sprache der Heilen Welt
Ein verzweifelter Fall ist
wer heut an der deutschen Sprache nicht zweifelt
Doch an der Sprache der Kaffern zweifeln nur Kaffern
(und natürlich nur Kaffern, die keine Kaffern sind!).
Und Deutsche die unter Hitler Zweifel zu äußern wagten
an der Sprache der Macht
überschätzten die Macht der Sprache:
»Der Feind, der sie von ihren Büchern jagte,
Läßt sich von unsereinem nicht ermatten«*

Wer den Hund schlägt der meint den Herrn
Wer den Herrn schlägt der geht vor die Hunde.
Wer den Hund schlägt der kommt auf den Hund
wenn der Herr meint daß er den Herrn meint
Denn die Herren die die Sprache *beherrschen*
sind nicht die die die *Sprache* beherrschen

* Frei zitiert nach Bertolt Brecht, Auf den Freitod Walter Benjamins

9

Und wenn sie gesprächig sind
sind sie unbeherrscht
und wenn ihnen die Sprache versagt
verlieren sie ihre Beherrschung
und wenn sie die Sprache voll- oder leerlaufen lassen
lassen sie den der sie spricht und der sie bezweifelt
auch wenn sie es versprechen
im Zweifelsfall dann nicht laufen

Wer den Hund schlägt der meint den Herrn
wer die Sprache anzweifelt
der zweifelt in dieser Sprache die an die sie beherrschen
mit anderen Mitteln als nur mit den Mitteln der Sprache

Der bringt auch Zweifel
zur Sprache der Beherrschten
die sich von denen die die Sprache beherrschen
die Sprache der Selbstbeherrschung und
der Selbst*losigkeit* beibringen ließen.
Und Selbstbeherrschung heißt nicht
daß sie selbst sich beherrschen
und Selbstlosigkeit macht sie schweigen
und macht ihr Schweigen zu Gold
für die die dem Golderwerb folgen
Und die *verfolgen*
die Sprache des Zweifels und wollen die Zweifler los sein

Die Sprache verrät den Verfolgten seinem Schlächter
aber die Sprache verrät auch den Schlächter denen
die er verfolgt oder morgen verfolgen will
oder gestern verfolgt hat. Die Sprache ist zweifelhaft
ein Doppelagent: fragwürdig. Aber das heißt auch
würdig gefragt zu werden und würdig zu fragen

10

Denn wenn auch zweifellos die Sprache in Frage gestellt
und angezweifelt sein muß, so ist es doch nicht möglich

ohne die Sprache die Fragen zu stellen und anders
den Zweifel auszusprechen als *in* der Sprache.
Wenn der Zweifel sein muß, muß auch die Sprache sein:
Sprache als Mittel der Rettung vor Mißbrauch der Sprache
durch die Sprache – der selbst nur ein Teil des Mißbrauchs
des Menschen durch den mißbrauchenden und durch diesen
Mißbrauch sich selbst mißbrauchenden Menschen ist.

Zweifellos: auch im Kampf gegen Mißbrauch der Sprache
geführt von mißbrauchten Menschen
gegen mißbrauchte Menschen
wird immer noch der Mensch und die Sprache mißbraucht.

Damit der Mißbrauch nicht wuchert
im Kampf gegen den Mißbrauch
muß der Zweifel an der Sprache zur Sprache kommen
nicht wie das Spiegelbild zum Gespiegelten kommt
und nicht wie
die böse Königin zum Spieglein an ihrer Wand
sondern wie zwei die sich treffen
um *einen* Weg zu gehen
Wenn es im Anfang auch nur
der Weg der Flucht vor dem Mord ist
hinter die sieben Berge
und auch wenn das Gift ihnen nachkommt
und sie noch einmal verlockt
es selbst in den Mund zu nehmen
und ihnen steckenbleibt im Hals und sie sprachlos macht:
Sprachlosigkeit ist nicht bis zum Ende ihr Los.
Wer zur Sprache kommt
zu dem kommt zuletzt auch die Sprache

II

Wenn der Zweifel zur Sprache kommt
kommt auch die Sprache zum Zweifel
und die vom Zweifel berauscht waren
lernen die nüchterne Sprache
und die von der Sprache berauscht waren
lernen den nüchternen Zweifel

und die Sprecher werden endlich zu Zweiflern
und die Zweifler werden endlich zu Sprechern
Und zweifellos verdienen die Zweifler aller Art
soviel Glauben
wie die Gläubigen aller Art
Zweifel verdienen

Der Glaube der Dichter an die Sprache war lange schon
eine besondere Form des Zweifels an der Sprache:
Das Genaunehmen zeigte die Ungenauigkeit, um sie
zu verändern hin zur Genauigkeit oder
um zu erkennen wo ungenaue Sprache
der Ungenauigkeit der Erkenntnis genau entspricht

Und ihr Zweifel an der Sprache
kann eine besondere Form
ihres Glaubens sein
daß sie nicht zu sich kommen können
in ihrer Sprache durch ihre Sprache allein
doch auch nicht ohne Sprache
und daß sie im Zweifelsfall
an allem zweifeln müssen von dem sie sprechen
und sprechen müssen von allem an dem sie zweifeln

12

»Und ich dachte immer: die allereinfachsten Worte
Müssen genügen. Wenn ich sage, was ist
Muß jedem das Herz zerfleischt sein.
Daß du untergehst, wenn du dich nicht wehrst
Das wirst du doch einsehn.«*

Einiges stimmt:
Daß du das immer dachtest
und daß man untergeht
wenn man sich nicht wehrt

* Fragment von Bertolt Brecht

Und weil du das deutlich sagen kannst
muß vielleicht
jedem das Herz zerfleischt sein
wenn du das sagst

Aber das wirst du doch einsehn:
Mancher *will* sich nicht wehren
weil er glaubt
daß er sich nicht wehren *kann*

Und du wirst einsehn:
Sich das Herz zerfleischen zu lassen
das – glaubt mancher –
wäre sein Untergang
Dagegen wehrt er sich
indem er dich gar nicht hört
Das ist das Allereinfachste

Doch »es genügt nicht«*

* zitiert nach Bertolt Brecht, Lerne das Einfachste

Erich Fried, geboren 1921 in Wien und dort aufgewachsen. 1938 Flucht vor den Nazis nach London, wo er sich mit Gelegenheitsarbeiten über Wasser hält.
Nach dem Krieg bis 1968 Kommentator im deutschen BBC-Programm. Ab 1963 Mitglied der ›Gruppe 47‹. Die ersten Shakespeare-Übersetzungen entstehen. 1966 löst der Band *und Vietnam und* eine lang andauernde Diskussion über das politische Gedicht aus. In den folgenden Jahren ergreift Fried in vielen politischen Fragen Partei und wird in der Folge mit Verleumdungen, Zensur und gerichtlichen Klagen überzogen. Erst als über Sechzigjährigen erreichen ihn Ruhm und Preise. Schon lange schwer krank, stirbt er 1988 während einer Lesereise.

Werkausgabe
Gesammelte Werke in vier Bänden. Gedichte und Prosa. Herausgegeben von Volker Kaukoreit und Klaus Wagenbach. Berlin (Wagenbach) 1993
Zu diesen *Gesammelten Werken* erschienen zwei ergänzende Bände mit Aufsätzen:
Anfragen und Nachreden. Politische Texte. Herausgegeben von Volker Kaukoreit. Berlin (Wagenbach) 1994
Die Muse hat Kanten. Aufsätze und Reden zur Literatur. Herausgegeben von Volker Kaukoreit. Berlin (Wagenbach) 1995

Bildband
Erich Fried. Ein Leben in Bildern und Geschichten. Herausgegeben von Catherine Fried-Boswell und Volker Kaukoreit. Berlin (Wagenbach) 1996

Biographie
Eine Chronik. Leben und Werk: Das biographische Lesebuch. Herausgegeben von Christiane Jessen, Volker Kaukoreit und Klaus Wagenbach. Berlin (Wagenbach) 1998

Erich Fried im Verlag Klaus Wagenbach

Es ist was es ist Liebesgedichte, Angstgedichte, Zorngedichte
Eine Gedichtsammlung, die nicht nur das berühmteste Gedicht Erich Frieds enthält, sondern uns den ganzen Autor vorstellt, mit seinem ästhetischen Anspruch und seinem kritischen Zweifel.
Quart*buch*. 112 Seiten

Liebesgedichte
Freundlich und zärtlich beschreibt Erich Fried Gefühle außerhalb des Konsums, das Vertrauen zum anderen dort, wo sonst niemand niemandem traut und jeder zum Feind des anderen gemacht werden soll.
Quart*buch*. 104 Seiten

Als ich mich nach dir verzehrte Gedichte von der Liebe
Diese Gedichte suchen die heutigen Orte der Liebenden auf, auch wenn sie vom Beton der inneren und äußeren Landschaften manchmal ganz zugeschüttet zu sein scheinen.
SVLTO. Rotes Leinen. 96 Seiten

Gründe Gedichte
Eine Auswahl aus dem Gesamtwerk
Die politisch argumentierenden und die Liebesgedichte, die sprachschöpferischen und die sprachspielerischen Gedichte, die Natur- und die Protestgedichte, die erzählerischen, die zornigen, die ermutigenden Gedichte: ein Wegweiser durch das lyrische Werk.
Herausgegeben von Klaus Wagenbach. *SVLTO*. Rotes Leinen. 168 Seiten

So kam ich unter die Deutschen
Wie zerrissen, wie fremd leben wir im eigenen Haus?
Gedichte über deutsche Angelegenheiten.
WAT 183. 128 Seiten

Vorübungen für Wunder Gedichte vom Zorn und von der Liebe
Liebesgedichte und Zorngedichte, Gedichte des Zuspruchs und Gedichte über die Zukunft.
WAT 250. 128 Seiten

Unverwundenes Liebe, Trauer, Widersprüche
Wir verwinden viel, sagt man. Was aber, so fragen diese Gedichte, bleibt unverwunden?
WAT 251. 80 Seiten

Am Rand unserer Lebenszeit
Gedichte von der unbeholfenen Wahrheit, die manchmal an die Stelle der Gunst des Wortes tritt, unverbessert und unverbesserlich.
WAT 261. 80 Seiten

Einbruch der Wirklichkeit Verstreute Gedichte. 1927–1988
Vergessene, verlorene, verschenkte Gedichte: von der frühen ›Wunderkinderzeit‹ bis zu späten Gedichten.
WAT 262. 96 Seiten

und Vietnam und 41 Gedichte
Die Neuausgabe eines Buches, dessen Titel Martin Walser »die Zeile des Jahrhunderts« nannte und dessen Gedichte politische wie literarische Geschichte gemacht haben. Mit einem Nachwort von Klaus Wagenbach, das Entstehung und Aufnahme beschreibt und wichtige Rezensionen mitteilt.
WAT 270. 116 Seiten

Beunruhigungen Gedichte
»Frieds Gedichte suchen Gemeinschaft auch dort, wo sie von Einsamkeit berichten. Es sind die Gedichte eines wahrhaft demokratischen Menschen.« Hans Mayer
WAT 292. 96 Seiten

Das Nahe suchen Gedichte
»Ein Lyriker, der die Kunst beherrscht, zwischen den Stühlen, zwischen den Kulturen zu sitzen, ein Genie im Auffinden öffentlicher Fettnäpfchen, ein Dichter, der es nicht aufgibt, Gedichte gegen den Zustand der Welt zu schreiben.« Herbert Heckmann
WAT 297. 96 Seiten

Erich Fried erzählt
Zum erstenmal: Eine Sammlung der schönsten Erzählungen, von der ›Wunderkinderzeit‹ über die Liebesgeschichten bis zu den Parabeln der späten Jahre. Wer den Lyriker Erich Fried liebt, sollte sich den Erzähler nicht entgehen lassen.
Ausgewählt von Christiane Jessen
Quartbuch. 128 Seiten

Jetzt auch zum Hören

»Ich bin überzeugt, daß das Werk von Erich Fried zum Dauerhaftesten gehört, was diese Zeit hervorgebracht hat.«

HELMUT HEISSENBÜTTEL

Liebesgedichte Gelesen vom Autor
Für diejenigen, die Gedichte über die Liebe ebenso gern mit eigenen Ohren hören wie schwarz auf weiß lesen, wurden hier alle großen Liebesgedichte Erich Frieds zusammengestellt, von ihm selbst gelesen.
Wagenbachs LeseOhr (MC und CD). Laufzeit 42 Minuten

Verstandsaufnahme
Einundsechzig Gedichte, gelesen vom Autor
Eine Aufnahme mit von Erich Fried selbst ausgewählten Gedichten aus dem Jahr 1984 – zum erstenmal als CD.
Wagenbachs LeseOhr (MC und CD). Laufzeit 52 Minuten

Mitunter sogar Lachen Erinnerungen, gelesen vom Autor
Die Memoiren eines großen Lyrikers, politischen Moralisten und bedeutenden Übersetzers: in Rundfunkarchiven aufgefunden und hier zum erstenmal gemeinsam veröffentlicht.
Wagenbachs LeseOhr (MC und CD). Laufzeit 65 Minuten